SELVA D' PEDRA

Outra visão da dependência química.

Narrado por Guido Campos

2012

SELVA D' PEDRA

2012

"Somos profetas, falamos e cantamos com a alma, do mesmo modo que através das ciências, e da literatura fazemos arte.
A arte penetra todo o íntimo do ser, pois o ser é feito de espírito e arte.
O espírito unifica e nos mantém em vida, enquanto a arte é o alimento do espírito. Muitas pessoas não acreditam na associação de Deus e arte ou Religião e arte, na verdade não à nada separado, quando olhamos para o universo e somos coerentes a ponto de reconhecer o Bem e o Belo e que tudo foi feito por Deus, e para Deus.
Então louve ao Senhor com sua ciência, com seu estudo, com seu trabalho e com sua arte de viver.

Guido Campos.

Dedicatória.

Primeiramente a Deus por me fazer acreditar que possuo um dom e me conduzir por esta existência, a Claudia minha esposa, por sempre me apoiar e incentivar meus sonhos, acreditar em mim até mesmo quando eu não mais acreditava, a minha mãe, irmão e filha por estar laçado a mim neste percurso.

 A todos os alunos da Faculdade Dehoniana, em especial a pessoas como Cipriano, Carlos, Celso, André, Aparecido e João Bosco por me receberem tão bem na turma, e me mostrarem o verdadeiro sentido de uma religião fraterna, aos mestres que ministraram e ministram os cursos pelos quais passei e irei passar, em especial; Professora Maria Antônia, Padre Moacyr, José Knob, Pe. Luizinho, Osmar Cavaca, Pe. Marcial, Professor Walter Lisboa, Professora Rosana Manzini, Professora Maria Angélica, Pe. Wagner, Pe. Paulo Roberto, Pe Rinaldo, enfim, a todo corpo docente da Faculdade Dehoniana e aos funcionários Renato, Carol, Ana Regina, dona Ieda, dona Ana e os demais. Perdoem-me se neste momento faço alguma injustiça.

Dedico esta obra para todos os pacientes que tive a oportunidade de conhecer, vivenciar, e por algum tempo tivemos momentos juntos, sem vocês talvez este sonho fosse impossível, em especial meu amigo já falecido Jandir Teixeira de Oliveira, também homenageio através desta obra toda a equipe que trabalhou comigo nestes anos, me apoiando e me ajudando a tomar decisões importantes.

As pessoas que sempre confiaram em mim, dedico está obra a todos da Justiça Federal de Taubaté em especial, Dr° Marisa Vasconcelos, Dona Nilene, Sr° Carlos, Edson e esposa, Dona Cristina, e todos que trabalham na primeira vara federal, enfim, a todos os funcionários e concursados que Deus abençoe a todos vocês cada vez mais.

Enfim dedico a você que decidiu ler este livro, que ele possa ser de alguma forma ferramenta de evolução, que ele semeie dentro do seu coração as chamas da superação e da alegria e que ao fazer a leitura possa por alguns momentos transportar-te até a história. Obrigado a todos pela confiança.

Prefacio.

Nem só de pão vive o homem, afirma a Escritura Sagrada. O homem precisa muito mais do que isso. Ele é um ser de relação, não consegue viver só. Mesmo diante da solidão, ele pode relacionar-se consigo mesmo através de muitas formas, dentre elas, a poesia, o conto. Essas faculdades têm lugar especial no nosso imaginário. Tem o poder de transcendência, nos faz aproximar de realidades que não conseguimos pelo discurso racional, lógico, empírico. Nos leva a lugares que só a nossa imaginação pode alcançar.

Diante de um mundo pautado pelo pragmatismo, o homem é medido a partir daquilo que produz. Escrever poesia, literatura, conto parece estar fora de moda. Aliás, para muitos tal realidade é coisa do passado, de um tempo em que se vivia numa realidade metafísica, espiritualizada demais.

Hoje, vivemos no mundo do real, da informação e do momentâneo. Não se perde tempo lendo ou escrevendo contos, por exemplo. Mesmo porque, somos educados para a competição, para sermos os melhores. Até mesmo os cursos superiores estão voltados para esse público alvo. Inclusive, quando se fala de contos, romance, mitos, logo recorrem ao conceito já popularizado pela maioria: essas coisas não trazem lucro a ninguém. Porém, acredito que, em alguma situação de nossa vida, iremos nos deparar com situações e realidades tão existenciais, que não poderemos negar a importância e a validade de filosofar, de indagar e questionar. Quando a razão não responde aos nossos anseios mais profundos, nos deparamos com a linguagem da poesia, da literatura, dos mitos e contos. Esses, muitas vezes, trazem o significado que a nossa racionalidade tanto procura.

Digo isso, pois sou tentado a racionalizar demais as realidades e situações que me circundam. De repente, sou convidado há prefaciar um livro intitulado **Selva d' Pedra**. Confesso que de início hesitei em aceitar, pois logo pensei que não era a pessoa mais indicada para tal empreitada.

Por conseguinte, decidi aceitar e passear por esse mundo tão rico e belo, mas que, às vezes, passa despercebido por mim, ou certamente, por tantos outros. Contos, lendas, histórias, personagens. Fictícios ou reais, basta você interagir e se inserir no texto e no contexto para tirar a sua conclusão. Afinal, esses textos devem ser lidos na perspectiva que o leitor preferir. Diferente dos textos científicos, nesses, podemos tirar as nossas próprias conclusões. Até podemos interagir e nos reconhecer num desses personagens.

Que aprendamos a filosofar, a questionar e perceber que são inúmeras as realidades que nos circundam. A razão somente não nos realiza. A literatura nos completa, nos faz perceber que a nossa grandeza se fundamenta justamente no reconhecimento de que não somos nada diante da imensidão do universo.

Por natureza, somos poetas, filósofos e religiosos. Deus sempre foi e sempre será uma boa companhia para quando estamos sós. Também a literatura pode ser uma grande companheira. "O homem completo é o que une dois mundos: o mundo da cabeça e o mundo do coração. A cabeça que guia e o coração que arrasta... O homem completo não é o que só contempla; o homem completo é aquele que filosofa e adora". (DICK, Hilário. *Na busca de ser*. Petrópolis, RJ: Vozes, 1976, pág. 44).

Já falei no início e retomo aqui para concluir: precisamos de literatura, de pessoas que se dedicam e identificam com essa rica forma de expressão. Que possamos viajar nesse mundo imaginário, de belezas e lendas. Que as histórias aqui relatadas nos façam olhar para dentro de nós e nos reconhecermos nelas. *Selva d' Pedra* é fruto do esforço de um amigo de classe da Faculdade, que busca nas palavras respostas para a sua própria vida e a de outros. Nas várias abordagens aqui relatadas, podemos perceber certa preocupação com o problema das drogas, que ocupa boa parte dos contos.

O autor, que trabalha com a recuperação de dependentes químicos, sabe e experimenta bem de perto a grande dificuldade de lidar com essa situação. Nossos jovens, que na maioria das vezes, entram nesse mundo, não conseguem se libertar delas. Das más companhias a pequenos roubos, depois que caem na rua (que é desumana e dura) transformam nossos jovens em lixo, jogados nas sarjetas da vida. Poucos são aqueles que, ao perceberem a gravidade do problema, se libertam do vício. Na maioria das vezes, é preciso uma mão amiga para retirá-los do buraco. A grande maioria da sociedade os sentencia, condena e julga. Poucos são aqueles que de fato se disponibilizam a ajudá-los. Eis aqui o grande desafio do nosso amigo Guido.

É um livro de contos que podem ser lidos separadamente. Fique a vontade e boa leitura!

Cipriano Alexandre de Oliveira

(3º Ano Teologia Bacharelado Faculdade Dehoniana-Taubaté)

Sumario.

Podemos mudar a realidade, somos um só corpo.

Introdução.

Quem conta, tem algo a dizer...

Sempre fui motivado por historias. Dentre os maiores contadores de historia que tenho como referencia está o personagem Jesus Cristo.

Não só um contador de historia, mas como próprio protagonista, consciente ao ponto de escrever seu destino e determinar o enredo ao qual seguiria. Um projeto que se mostrava totalmente fracassado desde seu inicio, tendo um final inesperado e fascinante, a ponto de transformar não só a realidade de sua época, mas as realidades futuras, a ponto de se tornar uma religião que é uma dos pilares estruturais da sociedade atual.

Um conto nem sempre é uma criatividade individual do autor, este se auxilia de toda uma síntese que o rodeia, tampouco não é ficção, principalmente quando levamos em conta que todo texto traz consigo experiências internas do autor seja elas explicitas ou implícitas.

Escutar historia não só faz parte de minha profissão (Terapeuta), como faz parte de minha vida. Lembro-me que antes de ler os feitos dos meus admirados, eu já havia escutado suas historias; historias que se tornaram sacramentos em minha vida, devido aos símbolos que eles remeteram dentro de minha historia.

Historias como à de Martin Luther King, Malcolm X, Gandhi, e outros, me motivaram e me motivam a continuar acreditando na superação humana sobre a adversidade.

E quando os personagens são pessoas comuns? Será que motiva o ser humano?

É neste ponto que se encaixa a obra. Acredito que quando se aprende a encantar-se com as historias "Comuns" fica fácil deslumbrar com as historias épicas, contemplar a vivencia do ser é estar frágil e sensível aos sinais de Deus.

Contextualizando o leitor:

Trabalho com dependência química, aproximadamente cinco anos. Nestes anos de trabalho venho presenciando verdadeiros sacramentos e milagres, assim como verdadeiras causas sem chance de regressão ou melhora no quadro.

Quando se trata de outra vida, sempre fica mais fácil olhar para a própria e notar os milagres. Essa sensibilidade me trouxe a publicar alguns contos que falam de vidas reais e ao mesmo tempo anônimas, fantasmas que por muitas vezes passam ao nosso lado sem serem percebidos.

Alguns dos contos abaixo são casos reais e outros mitológicos. Fica a critério do leitor, definir o que será mito ou verdade, uma vez que optei em preservar as verdadeiras identidades dos personagens. Espero, eu, a partir desta leitura que você possa quebrar com alguns preconceitos, ou verdades próprias e partas para uma visão mais subjetiva, ao qual se sinta a magnitude da vida e realce seu dia com as lições anônimas que lhes apresento. Desejo-lhe uma ótima leitura e uma simples compreensão.

Deus seja Louvado.

Capitulo I.

A potencialidade Contemporaneidade do cosmos.

O conto surgiu num período em que ainda não havia a escrita. As pessoas se reuniam em torno da fogueira para contar casos, às vezes, reais e, às vezes, fictícios. Por esses encontros se darem à noite, sempre tinha a magia do mistério, do suspense, e por isso o nome "conto", tendo momentos burlescos e momentos enigmáticos.

Estes que vos apresento são a ramificação desta genealogia, nasceram em tardes ensolaradas e em noites tempestuosas, porém, não importa o quando, mas sim o como.

Muitas vidas perpassaram pelo meu caminho. A cada vida que a minha tinha contato era difícil não se encantar com a história, costumo dizer que minha esposa é dramática por ela adorar um drama literário ou um drama cinematográfico, mas parando para analisar meus contos, vejo que não sou tão diferente dela, pois as histórias que cruzaram meu caminho sempre tiveram uma dramaticidade exorbitante.

E são nestes momentos em que percebo como Deus é bom. A capacidade de emergir do caos o cosmo, potencialidade peculiar que encontro no dependente químico, é incrível! Difícil não se chocar nas respostas que muitas vezes encontro em meio a esta adversidade.

Claro, nem todo final é feliz. E na verdade, não poderia ser diferente. O espanto toma conta quando a conta deveria ser mais no sentido negativo, devido à degradação da vida. Mas, a estatística me demonstrou o contrario. Cerca de 60% das pessoas que estão relacionadas aos contos foram pessoas que conseguiram retomar a vida e não a velha vida, mas uma formatação diferenciada, me mostrando um contra ponto muito mais interessante, que os números, que muitas vezes vemos divulgados na televisão, estão embasados no sensacionalismo.

Tudo é possível quando a pessoa quer realmente mudar de vida. Muitas vezes observei que o senso comum espera milagre, sem notar que estar vivo já é, em si, um milagre.

Estamos inseridos na cultura da reprodução. Existem pessoas que reproduzem fracassos repetidamente. Já com o sucesso a dinâmica é diferenciada, também lidamos com a cultura do consumo, que faz com que a pessoa sinta a necessidade de ter bens relacionados ao luxo e, uma vez que essas necessidades não são atingidas, encontramos pessoas que se tornaram frustradas.

Infelizmente, educamos nossos filhos assim. Quando na atualidade, pouco valor se dá para a cultura escrita, uma criança prefere ir para a Disney, a ir para o parque de sua mente. Não estimulamos nossos adolescentes a pensar e a usarem a criatividade adormecida no interno deles. Educamos para "ser alguém", quando, na verdade, eles já são, pois trata-se de um ser. É aí que encontramos a dependência química em vários casos.

Uma mãe lendo este livro pode se sentir revoltada comigo ou mesmo um pai, interpretando que o autor está colocando a culpa neles, podem até rebater dizendo: "A gente sempre deu tudo para ele"; "Nunca lhe faltou nada"; "Pagamos os melhores colégios para ele". Tudo muito louvável, mas ainda não exime a responsabilidade, e a culpa é dos pais? Sim! Mas não só deles, se relacionarmos os culpados, encontraremos tantos quantos vítimas. A pergunta deve ser outra: o que podemos fazer? Conversar? Ajudará, mas ainda não será o suficiente. Acredito que a participação é fundamental, você sonha os sonhos do seu filho? Já disse a ele que acredita nele? Já o convidou para resolver um problema? Percebo que quando o diálogo está inserido desde a infância, a coisa é mais eficaz e isso não quer dizer que ele não possa se tornar um dependente químico.

Está espantado? Nesta vida não temos garantia de nada. A morte é a única certeza, mas acredito seriamente que se você adquirir a confiança de seu filho desde pequeno, será menos doloroso enfrentar a situação, poderá constatar o problema logo no início, será bem provável que ele mesmo o procure no começo e peça sua ajuda, sendo mais eficaz o tratamento.

Evitará descobrir da maneira mais constrangedora que existe: da boca de outros.

Trabalhando com a realidade, podemos afirmar que hoje a droga é um problema que atinge todas as camadas sociais, ela desceu do morro e entrou na sua mansão sem que você notasse, os muros do condomínio de luxo e as câmeras não foram o suficiente para notar esta problemática, então, com os pés no chão, tentaremos enfrentar a questão sem dramatizar muito, mas seremos solução enquanto pudermos. Aprecie mais contos. Voltaremos a nos falar...

O 1.1 Em meio à modernidade.

Foi na festa do arroz que tudo aconteceu, estava fazendo um sol que ardia à cabeça, mesmo assim todos se empenhavam a colocar suas melhores roupas, e seguiam rumo ao centro.

Não importava tanto o quanto se trazia no bolso, o interessante era o clima de fraternidade. Não tinha muito dinheiro, mas um bolinho de arroz não poderia ser mais do que cinco reais. Logo, de longe, se avistava a multidão, e com uma visão periférica podia se ver os que estavam e os que vinham chegando: casais, crianças, idosos, solteiros e cachorros apareciam simultaneamente numa mesma direção.

Como se aquelas pessoas estavam hipnotizadas pelo olfato, e eu parte daquele todo não fugia a regra.

Lupo era um cão muito levado e ao mesmo tempo cultivava a inteligência, quanto apercebeu que me trocava já ficará ao lado do portão, me esperando para que quando abrisse não houvesse escolha, ou o levava, ou o levava.

Ficava bravo com ele, mas por estar tomado pelo mal da atual sociedade, não percebia seu movimento, minha ansiedade me cegava para este ponto, e quando me notava, ele já estava do meu lado como se fosse minha filha em um passeio matinal.

Escolhi a melhor calça para ocasião, era de veludo e combinaria perfeitamente com minha camisa de xadrez, e o chapéu branco com um broche de cavalheiro, cairia muito bem com minhas botas pretas, então fui rumo à fonte de todas as atenções.

Logo que cheguei, fui direto as barracas de bolinhos de arroz, paixão desde criança. Esperava o ano inteiro a feira gastronômica, para relembrar de minha mãe, com isso, lembro-me de seus bolinhos feito no fogão de lenha, combinados com um cafezinho fresco feito de primeira mão, algo assim não se pode esquecer, você não acha?

Enfim, quando eu estava degustando meu bolinho de arroz, e claro dando beliscadas e jogando ao chão, para que Lupo participasse daquele momento sublime, percebi que todos ao meu redor olhavam-me, uns tentava esconder as risadas, outros, descarada mente não faziam questão de esconder.

Então o bolinho de arroz foi descendo vagarosamente em minha garganta, o que era para ser algo maravilhoso, se tornou aos poucos em pesadelo, o bolinho de arroz parecia um bloco de quinze descendo rasgando minha garganta, meus olhos do brilho divino, se tornou em vermelho inferno então não aguentei e gritei:

___Porque me olham e dão risadas! Seus cretinos!

Agora Lupo estava como um cão que protege seu dono latindo nervosamente, então um jovem simpático, pôs sua mão em meu ombro e me disse:

___Não ligue Senhor, estão somente achando engraçadas suas vestimentas...

Meus olhos encheram de lagrimas e logo me tornei criança novamente e só me lembrei de dizer em meia voz:

___Que pena que se perdeu o brilho do caipira, antigamente não era assim.

Foram surgindo assim, nas conversas, em meias risadas às vezes através de lagrimas. Um abraço amigo faz falta quando se esta longe da família, e a todo momento entrando em contato com os sentimentos, depois de um tempo se acostuma olhar para aquele olhar.

2.1 A Busca do Mudo

Ele queria paz e não sabia como pedir, tentou grafitar.

O reboque do muro silenciou sua voz.

Resolveu montar um jornal alternativo,

Passava horas procurando palavras e letras em jornais e revistas

Cortava uma figura aqui, passava cola ali.

E, de repente, estava montado, artesanalmente;

Seus gritos eram transformados em cinco folhas e uma contra capa

A mão que colheu de um lado derrubou do outro

E, restaram as lágrimas do menino desapontado com a atitude.

Restou cantar.

Escrevia três letras de música por dia, fez arranjos, compôs versos.

Mas o pré-conceito o silenciou

Buscou diversas maneiras para gritar e percebeu que tudo que havia tentado

Não fora reconhecido. Ninguém o escutava

Já não pedia ajuda, pedia socorro...

Pegou um caderno e começou expor no papel tudo o que sentia

Sua revolta foi se transformando em amor

Descobriu que, na verdade, nunca havia buscado desabafar.

E sim inflar seu "Ego"

Tornou-se uma pessoa silenciosa, já não se ouvia sua voz.

O jejum do silêncio incomodava a todos

Pois ninguém compreendia a paz que ele havia encontrado

Descobriu um grande amigo e um estimulador de criatividade

Gostava de sentar debaixo da árvore e ali numa relação papel, caneta, mente e criatividade.

Vivia todas as aventuras que um dia sonhou viver, ali desabafava.

Concluiu que a transcendência o permitia se, primeiro, se permitisse matar o "Ego".

Descobriu que não conseguiria matar

Então, dentro do silêncio, buscou transformar o "Ego".

Com o silêncio foi se transformando e conforme ia evoluindo

Seu quarto foi ficando pequeno, pois os cadernos iam ocupando todo espaço.

Já em sua velhice e com os anos de silêncio, percebeu que em toda sua vida.

Jamais havia experimentado tamanha paz, mas, então,

Um dia o silêncio o incomodou, pois se permitiu a isso.

Agora, percebia que mesmo o silêncio lhe proporcionando a paz.

Roubou-lhe o direito de conhecer alguém.

Sua mãe já havia falecido e herdou a casa de cinco cômodos

Mas habitava somente em um, pois os outros estavam ocupados.

Pelos cadernos escritos que acumulava há anos

Tentou falar e, percebeu que esqueceu como fazer.

Agora se via calado em sua casa, só ele e seus cadernos, sem ninguém.

A paz foi embora e só ficou a guerra da ausência da comunicação

Então, escreveu:

O silêncio traz a paz, mas, as palavras se não escritas, precisam ser ditas;

Não sei falar...

Não sei amar...

Não tenho paz...

Já no leito de sua morte viu uma luz branca, queria dar risadas.

Mas só conseguiu chorar

Enfim,

Mudo, morreu

Mudo, viveu,

Mudo sofreu,
Escreveu, escreveu e, no fim, nem mesmo ele se compreendeu.

Essas montanhas me convidam a uma pura quietude (olhar fixo na Serra da Mantiqueira).

3.1 Doces

Os potes de doces estavam ali;

Carlinhos olhou

Namorou por algum tempo

E como um carro veloz

Sua Mão se moveu

Seu Antônio não viu, mas percebeu no olhar do garoto, que traquinagens havia feito.

Acostumado com pequenos furtos que já sofrera dentro de sua pequena mercearia, agiu como se não houvesse percebido nada.

Continuou passando pela registradora o leite, o pão, manteiga, e ovos.

Carlinhos já entregou pelo seu olhar pediu para que o Senhor Antônio que anotasse tudo no caderno, pois sua mãe agia assim:

Pedia, anotava, e depois pagava, mas já avisado por ela a regra, era só o essencial, nada de guloseimas.

Seu Antônio para não ficar no prejuízo, antes de passar item ultimo, deu as costas para o balcão da frente olhando por um espelho no balcão detrás, e Carlinhos já sem chance de sucesso, mas movido por seus instintos, fez com as mãos o mesmo movimento.

Não era aquele seu dia de sorte. Então, seu Antônio indagou-lhe uma pergunta:

___ Carlinhos eu observei você crescendo e se tornando um garoto esperto, por isso quero testar sua inteligência, me responde uma pergunta.

___ Pode um homem ser enganado duas vezes?

Carlinhos respondeu:

___ Eu não sei.

Seu Antônio então continuou seu questionamento, já solucionando o questionário.

___Veja bem, se na mesa existe um peixe e um ovo cru, e na mesma casa habita um cão e um gato. Se o peixe sumir de quem o dono há de desconfiar?

Carlinhos pensou, pensou e respondeu:

__ O que estiver de barriga para cima.

Não sei se consegui atingir a meta, de me centrar num ponto em cada conto sem ser muito incoerente, pois minha tendência é sempre ramificar os assuntos deixando o conto um pouco tonto.

Capitulo II.

A força vem de Deus quando não mais existe nos homem.

O tratamento para dependência química se torna eficaz se nele estiver incutido o aspecto espiritual. Por mais que a psique e a parte física sejam relevantes, a parte espiritual deve ser levada em consideração. "Não são as pessoas com saúde que precisam de médicos, mas as doentes" (Mt 2,17). O vazio humano atinge a todos, sendo dependentes químicos ou não. A diferença é que as pessoas na sociedade dão nomes modernos para o vazio espiritual: depressão, stress, melancolia e etc... Por viver em uma sociedade em que o *fast food* é o ideal, as pessoas não têm tempo para olhar para dentro delas, pois se assim o fizessem, perceberiam rapidamente a ausência de um Poder Superior.

Dependentes químicos têm sintomas como qualquer outra pessoa, a diferença parece estar na forma com que ele reage aos sintomas, quando digo sintomas, quero na verdade demostrar uma série de coisas que o humano, enquanto humano, experimenta em relação a sentimentos e situações.

O sentimento, às vezes, é resposta de alguma situação, mas nem sempre é necessária uma situação externa para despertá-lo, sentimentos surgem através de pensamentos, ou apenas vêm, como o vento que sopra onde quer.

Depois que se retira a droga da vida do dependente, ele se vê em um grande dilema, como lidar com os momentos da vida sem se anestesiar? Parece que a adequação perante as formas de solucionar os problemas também agora são problemas. Tudo é bem obscuro diante de um mundo no qual não se está adequado, muitas vezes, nestes momentos surgem as recaídas, que, na verdade, é um monstro tão pequeno que se torna enorme.

Nestes momentos, é fundamental o apoio da família, o auxílio do psicólogo ou terapeuta e a vontade de querer viver do paciente, mas, mais do que tudo isso o encontro pessoal e dinâmico com Deus fornece inexplicavelmente, em alguns casos, uma vitória.

Quantos são dados como mortos? Quanto em pensamento você já julgou "não tem jeito", "este é caso perdido". Não se culpe, é normal, às vezes, julgar coisas que não entendemos, mas mude agora sua maneira de pensar, não existe caso perdido, existe falta de esperança.

Deus, por muitas vezes, será a força que a pessoa precisa para vencer o vício. Deus, por muitas e muitas vezes, será a esperança que a família precisa para entender os caminhos em que a vida leva.

Haverá momentos em que iremos nos deparar com pessoas que amamos morrendo e não poderemos fazer nada, teremos que enterrar nossos mortos, e entender toda a dimensão da palavra impotência, então, só nos restará a oração e a confiança em Deus que aquele ente querido está em um lugar melhor, onde não existe a crueldade e as pessoas não se matam.

Infelizmente, a droga mata muita gente. Sei que a morte é algo que o ser humano tem de aprender a lidar e que, na verdade, ele nunca estará preparado para isso, mas não se trata de aprender e sim, vivenciá-la sem radicalizar o sentimento, mesmo sabendo que temos direito de radicalizá-lo.

A crueldade em ver uma mãe enterrando um filho morto de forma precoce é algo muito cruel, somente quem passou por isso sabe descrever a dor e a falta de seu ente querido.

Mesmo sabendo que um usuário de droga convive com a morte a todo instante, quando a notícia trágica chega, sempre é difícil de encará-la e assimilar as informações. Um dia, estamos almoçando, dando risada, celebrando a vida e contemplando um dia sóbrio, no outro, estamos nos enterrando e rezando para o acolhimento do Ser Supremo.

Quando somos forçados a uma relação com a morte, a vida acaba ganhando outro sentido, por mais que no plano humano temos a palavra "morte" como um sinônimo de fim, no sentido religioso este fim é um fim-meta, ou seja, é uma abertura para algo novo, um mistério que os olhos carnais não conseguem vislumbrar.

Sei que falar é muito mais fácil do que sentir ou vivenciar esta experiência, mas igualmente sei que todos participarão desta experiência, e diante desta realidade só podemos adequar à mente o corpo e o espirito, para estarmos pronto no momento da passagem, seja ela de um ente querido, de alguém que conhecemos e queríamos um fim melhor. Existem pessoas que farão esta passagem de forma trágica, e não nos caberá entender o porquê. Deus o sabe.

Peço que somente acredite que um dia tornará a ver o ente querido e de forma iluminada, não da forma que estava nos dias que antecederam sua morte, obscuro e sem brilho. Será diferente, verá face a face, e poderá beijá-lo como no início de sua vida, quando ainda era um pequenino bebê e todos os sonhos terrestres eram projetos daquele frágil ser. Acredite em Deus.

A força que, muitas vezes, há de expandir será de um poder maior, pois palavras humanas não são capazes de tampar o vazio deixado, por mais que amigos tentem, frustrantemente, acolher, ainda assim a caridade humana não atinge o mais profundo do ser e a falta da razão que impera no momento da despedida.

Teremos que nos confortar com a única palavra humana que no momento faz sentido, a do padre falando da esperança celeste, neste momento, todo ateu se apega a Deus, pois quando não encontramos respostas carnais fica fácil entender o plano espiritual.

Peço que somente acredite em Deus e o mais será revelado. Às vezes, o descanso é algo propício de Deus, mesmo que não compreendamos no momento. Existem pessoas que estão cansadas de lutar, cansadas de tentar ficar em pé, não somente no que se refere à dependência química. A depressão é um sintoma de cansaço, as dores no corpo são sintomas de cansaço, o vazio espiritual é um sintoma de cansaço. Por algum motivo Deus se comove da fragilidade humana a ponto de por um fim-meta, para o recomeçar. Os espíritas acreditam no retorno, que não é algo absurdo, quando vemos tantas vidas finalizadas precocemente, sem ter concluído algo ou encerrado algumas questões internas. Os católicos, como os protestantes, acreditam no descanso eterno, afim de ressuscitar no último dia com Jesus Cristo.

Tenho por mim, que não importa a concepção que se tem perante a morte, se a entender não como um fim último, uma vez que existem "finais terrestres" não muito felizes e se entendemos que o ser e seu fim é a felicidade.

Os próximos contos são em memória daqueles que se foram levados precocemente nesta caminhada, em especial a Jandir Teixeira de Oliveira, um amigo que tive e que se foi drasticamente em 2011 no mês que gosto de intitular "setembro negro", devido a vários acontecimentos que houve nesta época. Em homenagem a sua família que sempre depositou confiança em mim, que Deus e seu Filho Jesus Cristo acolham vocês com carrinho alento e Graça.

1.2 Carlinhos e o arco-íris

Era uma Estrada pequena, empoeirada, estreita ao ponto de não caber dois carros de passeio ao mesmo tempo.

Era uma tarde de verão, uma tarde destas que o sol abre espaço para chuva fina, postando assim o famoso ditado dito por não sei quem "Sol e chuva, casamento de viúva".

Carlinhos tinha um passa tempo curioso. Quando chegava perto das 16h00 ele saia de sua casa e andava sem rumo por aquela estrada que nada tinha de exuberante aos olhos comuns e as pessoas comuns, mas Carlinhos não tinha olhos comuns, por mais que seus olhos fossem castanhos como os da maioria, havia naquelas bilhas um brilho diferenciado que naquele momento eu não conseguia decifrar de onde vinha.

Estrada da Servidão, era o nome daquele caminho sem fim, ali só havia um vilarejo, um rio e muita poeira.

Carlinhos sempre preferiu observar, que falar, por isso no colégio tinha poucos amigos, era conhecido como o "mudinho". Ele não era uma pessoa comum, olhava para os arrozais os canaviais de uma forma que eu não enxergava, dizia que via deslumbre no verde, no azul, marrom, e no branco, suas cores prediletas.

Foi no dia 04 de Dezembro de 1981, há vinte oito anos atrás que ele desapareceu.

Fez neste dia uma ultima caminhada e nunca mais foi visto, lembro-me como se fosse hoje nossa ultima conversa, esta se deu na beira de um rio pequeno que ele costumava chamar de "Pequeno Gandhi", me disse que estava em busca da felicidade e que iria seguir aquele arco-íris que apareceu em meio ao "Casamento de Viúva", tinha um olhar sereno, fixo e brilhante, olhando para aquele fenômeno que depois de alguns anos fui aprender que eram devidos os raios de sol cruzar as gotas da chuva.

Mas até hoje prefiro acreditar como o Carlinhos me ensinou naquele dia disse ele:

O arco-íris é a vestimenta de DEUS e no meio dele existe uma abertura para a terra da felicidade.

Prefiro acreditar nisto, que Carlinhos seguiu aquelas cores naquele dia e encontrou o caminho da felicidade, pois desde aquele dia nunca mais se viu o Carlinhos.

Nisso me deu a possibilidade de acreditar nos meus sonhos todos esses anos, que sim, eles são possíveis e que tudo esta na forma de como acredito, que na verdade os obstáculos na vida não são o problema e sim os caminhos errados que muitas vezes escolhemos.

O Carlinhos me ensinou que tudo esta na forma que vejo as coisas.

Ainda continuo com um olhar comum, mas só que hoje ouso olhar algumas vezes com outro olhar as coisas, um olhar humano. Descobri que toda vez que olho com um olhar humano as coisas transcendo o material para o espiritual.

O diferencial do Carlinhos era isso ele tinha um olhar que a grande maioria não tinha e isso percebe nos dias de hoje ele somente tinha um olhar humano.

No caminho do trabalho. Rodoviária de Tremembé-SP após sair de uma sessão no dentista (24/06/2010).

2.2 As rosas só não nascem nos muros, porque os homens não as regam.

Aquele lugar sempre foi marcado pela violência.

Lugar onde as pessoas se perdiam, não por causa dos becos estreitos, mas sim porque sempre fora um lugar amaldiçoado, todos diziam que era "um antro de perdição". O contraste era nítido a cada quarteirão, sempre havia uma briga e nos intervalos das brigas os cães disputavam.

Os sacos de lixos furtados.

Lugar onde habitava cães e homens. Somente aquele que tinha um olhar mais sensível podia ver que na verdade o que muitas vezes havia naquele local era uma guerra espiritual, chegando a ser até mesmo macabra; bares e igrejas lutavam por um pedaço de terra, assim como também lutavam por um corpo ou que se perdeu, ou que queria se perder.

Assim, se encontrava várias placas e logotipos: DEUS é amor, birosca da Maria, Assembleia de DEUS, bar sete estrelas, Igreja

Católica, terreiro da madame Elvira, Bar do portuga, Estado Messiânico e até mesmo a universal fez temporada por lá. Foi em meio a este paradoxo ideológico que Chicão cresceu seu sonho quando criança de ser médico, agora já na adolescência percebeu que aquele sonho de criança perdeu espaço com as adversidades da vida.

Então agora só havia sobrado o monstro.

Chicão, havia se tornado "Piolho", e não porque teve muitos piolhos em sua infância, mas sim porque agora ele sugava a vida de seus iguais, sua sobrevivência como ele mesmo dizia, dependia disto. Você pode me perguntar como se faz isso?

Eu te respondo: Vendendo Drogas!

Tráfico de Drogas:

Ramo comercial com altos índices de lucro se vende muito, se repassa um pouco e fica com 1/3 do que se vende, se a pessoa não usa drogas ganha, se usar perdeu.

Chicão ou Piolho nunca colocou cigarros, bebidas alcoólicas ou outro tipo de drogas na boca, seu vício era bem mais destrutivo, era a ganância.

Ganância:

Pecado capital que nunca fica satisfeito, e como um buraco negro suga, suga e não se satisfaz...

Piolho ou Chicão se tornara um grande ganancioso.

Aos dezesseis anos ele já tinha seu império dentro do seu universo paralelo, universo que se resumia a duas esquinas, uma praça e um barzinho, fuga de muitas pessoas que moravam naquele local.

O bar era o entretenimento do final de semana, ali uns se acabavam nos destilados, outros iam para paquerar, mas Piolho tinha uma visão muito curiosa do bar, para ele tudo aquilo significava negocio, quanto mais pessoas, maior seria seu lucro. Tinha cocaína, crack, maconha, tudo em mãos, o produto era conforme a necessidade do cliente, não poucas vezes se perguntava:

___ Sei que isso é negocio, mas por que essas pessoas buscam tanto prazer nessas químicas?

Foi um dia se questionando que percebeu que também era um viciado por dinheiro, mas rapidamente negou o fato argumentando consigo mesmo:

___ É, mas, este se for um vicio, é um vicio bom.

O tempo foi passando e logo ele foi percebendo que algum amigo que havia estudando com ele nas 5° serie, estavam entrando nas faculdades, uns através do Enem e Pro uni, e outros usufruindo das migalhas do governo usando a cota da segregação.

Então observou neste momento que o tempo havia passado e se questionou:

___ Nossa! Como não percebi este tempo?

Talvez Piolho estivesse tão concentrado no carro que já havia comprado, nas biqueiras que comandava, ou nas torturas que executava com os devedores, que não percebeu o tempo, que não perdoa ninguém, nem plebeus e nobres, estes vêm para todos como o sol que não distingue a quem brilhar.

Mas talvez... Eu que narro esta historia acredito que tenha sido por isso! Ou talvez não...

Do que Importa?

Foi se questionando durante anos, mesmo com seus estudos atrasados, foi refletindo que percebeu que aquela negação lá no começo sobre o vicio do dinheiro, na verdade fazia todo sentido. Anestesiou-se tanto tempo com a ganância e sua dependência que o monstro o havia controlado por muitos anos...

Era uma tarde de sol, a esquina tinha um apelido estranho muitos conheciam como "A esquina do esquecimento", pois ali muitos esqueceram suas essências.

Chicão estava com o pé direito apoiado na parede olhando para o movimento. Crianças passavam, vindos da escola com seus uniformes sujos de merenda. O muro onde estava era extenso longo e dividia com ele aquele muro um grafiteiro que vinha na sua direção fazendo uma arte, de um lado o muro tinha um aspecto nojento intercalando com mofos e umidade.

Então, Chicão começou a pensar:

___ É acho que perdi tanto tempo nesta vida, e agora vendo as pessoas passarem, percebe-se o quanto este monstro me estacionou, Chicão neste momento se esquecera do mundo do crime era só mais um perdido no tempo, e começou a pensar na infância, nos sonhos que tinha, seu estagio de reflexão foi tão profundo que não percebeu a policia que vinha vagarosamente no alto da avenida...

Policias com cara de mal, intimidando as pessoas tanto boas quanto as que a gente julga má.

Chicão estava em transe, que se esqueceu de que estava cheio de flagrantes, o grafiteiro havia grafitado uma linda rosa no muro que sobressaia de um livro.

Foi neste momento que CHICAO voltou a si, e foi neste momento que a policia havia parado na sua frente e um policial falou:

___ Encosta na parede vagabundo!

Chicão de rosto para o muro só via meio que de rabo de olhos as cores da rosa; então pensou:

___ Eu poderia ter aproveitado, tive a chance de ser o que quisesse, tive a chance de mesmo sendo este muro sujo com cheiro de mofo, ser grafitado por DEUS...

Neste momento o policial já havia achado os flagrantes e cantado a voz de prisão e batido as algemas, então o policial virou para o Piolho e disse:

___ E ai vai dizer quem é o Patrão?

Chicão só disse o que veio em seu coração naquele trágico momento:

___ As rosas só não nascem nos muros, porque os homens não as regam.

*Janeiro de 2009, dia chuvoso os galhos das arvores pareciam estar dançando.

3.2 O conto de Quiterio

O mundo é um alvo a ser atingido.

Assim julgava Quiterio, homem rústico e cheio de manias, gostava de comer comida sempre que a mesma estava morna; no ponto de não queimar a língua, e assim era com café, chá, leite. Dizia que: enquanto suas metas fossem maiores do que as adversidades da vida ele estava em vantagem.

Certo dia eu em minha ignorância perguntei onde ele adquirira tanta sabedoria, sabendo eu que o mesmo não era letrado, homem de roça com agilidade para trabalhar com a terra, mas sem nenhuma destreza para conduzir a caneta.

Então com um olhar terno e ingênuo discorreu pelo que mais tarde fui chamar o discurso de Quiterio. Com palavras tão sabias quanto Luther king em "Eu tenho um sonho" me prendendo uma atenção que jamais fui capaz de dar a outro ser humano, neste dia fui tocado pelo que denominei de "sensibilidade do espírito", ou seja, o encontro de duas almas no campo da empatia. Disse-lhe me então:

Muitos se perguntam de onde veem a sabedoria, assim homens perderam tempo em descobri de onde surgia esta? Em que fonte brota este tesouro de deuses?

Eu nunca me vi como um sábio. E por isso, não entendo tal pergunta, mas posso lhe dizer o que entendo por sabedoria.

Em minha pequena compreensão todo homem é tolo e do mundo não sabe nada, muitos acreditam que por conhecer alguns processos da vida já reatem tal tesouro. Acredito que conhecimento, entendimento, não tem nada a ver com sabedoria.

Posso ter momentos sábios mais nunca ser um, em estado todo, talvez estes momentos se de quando acordo cedo, e me disponho, a saber, que existe uma força maior que a minha que rege todo o universo, nesses momentos aprecio o sol da manha como se fosse um só dia, como se eu tivesse apenas vinte quatro horas para participar da rotação do globo.

Tenho momentos quando empresto meus ouvidos para receber palavras alheias; quando observo com olhos internos as coisas grandes do mundo, montanhas; mares; céus; arvores; animais.

Com um olhar único não limito meus pensamentos ao limitado, transcendo a forma de viver e contemplo a morada dos seres divinos. Onde esta a sabedoria nisto tudo?

Não sei, só sei que esta foi à forma que escolhi ver na data de hoje, talvez essa seja mais velha maneira de compreender ate mesmo tenha surgida antes do universo, não importa, pois nos dias de hoje se torna tão difícil assimilar tudo isso, assimilar toda qualidade de vida que o campo m traz, muitas vezes é difícil tal tarefa, pois, desde que o homem cortou a arvore, extraiu dela o papel, e neste papel estampou rostos, figuras e números, o homem deixou de ver a arvore como expressão do SOBERANO, e agora apenas vê a quantidade de papel desenhado que a mesma poderia lhe fornecer, o estoque, o controle, a produção; todo homem é mercadoria. Assim mataram os instintos humanos o projetando a um ser robótico.

Onde esta a sabedoria nisto tudo?

Não sei só o que sei que desde que nasci o mundo é assim. Às vezes tenho lampejos de sabedoria acredito que, quando entendo que tudo é passageiro como vento que sopra dos quatros cantos, que nada, mas nada mesmo fica para ser lembrado, uma vez que quem lembra também à de passar.

Quando observo este processo maluco da modernidade me pergunto:

Do que vale ter as alças do caixão feitas de ouro? Do que vale ter o lado mais nobre do cemitério? Ser cremado e lançado ao mar? Se tudo, e digo tudo mesmo fica no mesmo mundo e vira fertilizante orgânico.

Descobri que pobreza é o termo usado para o fraco de espírito que limita suas ideias a números e bens materiais, descobri que tem coisas que números nenhum podem nem mesmo numa união total demonstrar o valor.

Tem coisas que nunca ira se fartar de ser: boca em falar; ouvido em escutar; o céu e sua imensidão; o mar e seus mistérios; e o limite do desejo.

Arando o solo compreendi que mesmo a terra sendo criada em primeira instancia solitária, depende de outros seres para de vida saciar e solitária não acabar.

Sabedoria é saber sair quando o coração pede para sair e ficar quando esta for à vontade de DEUS.

É mostrar que meu saber não sabe, mesmo quando ele acha que sabe;

É ser simples no meio dos hipócritas, e humilde quando cercado por soberbos;

Sabedoria ainda para mim significa dizer que não sou, quando vejo outro que o é, e continuar dizendo que não sou, mesmo quando outros disserem que sou.

**Às vezes eu olho para Taubaté e tenho a impressão que ela cresce mais por dentro do que por fora.*

Capitulo III.

A fragilidade humana e suas dimensões.

Às vezes, nos encostamos uns nos outros a fim de sugar energia e vitalidade, nem sempre se pede calma com o melhor argumento, no tempo remoto se desmonta as carapuças e se descobre realmente do que somos feitos. Feitos de fragilidade.

Essa palavra pequena e fácil de dividir perpassa por todo ser humano em todas as suas dimensões e, aos poucos, se percebe que realmente, nesta frágil palavra, consiste a mais pura verdade de nossa essência.

Então, todas as facetas vão se mostrando em pequenos temas que complicamos. Logo uma depressão, um ataque cardíaco, ou dores nos rins começam a aparecer, isso são as pontas de uma verdade que cobrimos, são somas de tudo que foi entregue para o outro.

Na esperança de sermos felizes nos negamos, e nos negando, nos prendemos a ponto de não mais existir em vida, contudo, feliz aquele que ainda vê vida sem a ter.

Acha paradoxal?

É a primeira impressão que todos têm. No último trago seremos somente aqueles que confundem e se confundem, pois falta argumento para pedir calma.

Pessoas vão ao centro, não porque tem de estar lá ou algo parecido, às vezes, vão somente para andar de ônibus, se sentirem conectadas ao mundo.

Você já se sentiu assim?

Acredito que sim!

Quem ainda não teve a oportunidade de se sentir desconectado do mundo, está na hora de se questionar a própria existência.

É amigo, são nessas horas que as coisas começam a acontecer, pois é fácil viver sem questionamentos: estar por estar, viver por viver, beijar por beijar, comer por comer, fazer sexo por fazer, sair por sair, enfim, usufruir de todos estes benefícios que a vida, que não sabemos o que é, proporciona.

É somente quando batem à porta da consciência as perguntas mais filosóficas, ou capciosas, aquelas que ninguém ousa falar, pois os que se questionam neste sentido são taxados de loucos, filósofos baratos, caçadores de suas próprias verdades, egocêntricos soberbos e por aí a fora, sim, é nesse momento que começa a vida!

Temos a tendência de não olharmos o mundo, pois assim abstemos de nossa responsabilidade. Do que não vemos, não podemos ser cobrados, tais justificativas limitam nossa capacidade de amar, por muitas vezes acreditamos que não somos responsáveis pelas escolhas dos outros, pela sua saúde, por sua vida, sua recuperação, ou estímulo de vida. Essa consciência seria verdadeira se não fosse verdade a tese "Gaia" de que estamos todos conectados e que tudo contribui para evolução coletiva e a expansão do universo, não no sentido material, mas sim num sentido espiritual. Negamos, por muitas vezes essa realidade, para ficarmos presos em nossa individualidade. Mas, a fatalidade acontece quando a velhice chega e toda a ânsia de ser único, sozinho, independente, individual, se quebra mostrando nossa fragilidade novamente e deixando claro nossa essência, ao fim, dependeremos de assistência, e nem sempre daquela assistência que o dinheiro compra.

No fim, seremos sedentos de atenção, de afeto, de colo, de ouvido, de fala. As pessoas são frágeis e, por vezes, sem nenhuma noção de conexão.

Condenam os fumantes, dizem-lhe que proporciona sua morte vagarosamente e que têm tendências suicidas.

Acredito em tudo isso, o curioso é notar que as pessoas que, por muitas vezes cobram, não perguntam ao fumante se ele tem dificuldades para largar esse vicio maldito.

O que tento dizer com isso? As pessoas são muito mais contestadas do que auxiliadas. E essa é uma realidade que negamos.

Estamos tão individualistas que já não sabemos andar de mãos dadas, claro que busco ver os dois lados, caso contrário, não serei levado a sério, e no fim, todo esse esforço será preconizado de medíocre e retórico. A individualização é boa, como toda a evolução, e somente se torna tragédia quando a colocamos no topo da cadeia alimentar, somente quando condenamos o coletivo e usamos termos como escravidão para justificá-la.

Assim acontece com o coletivo, levar para o extremo estes dois conceitos são erros que estamos fadados a cometer, e saiba que não importa os erros que comentemos e sim a consciência de saber que os cometemos, é nisso que mora a diferença, e é isso que nos conduz a evolução espiritual, quando estamos conscientes dos erros fica mais fácil interagir com os acertos, buscá-los se torna uma tarefa mais suave, sem peso ou culpa.

Já este sentimento catalogado de culpa é um veneno para alma e um anestésico para o sentimento do amor exagerado, a culpa é apenas uma negação do perdão interior, então, neste estágio teremos que recorrer à individualização interna, por mais que às vezes o primeiro caminho aconteça no coletivo, no grupo, ou através da sabedoria do outro, o último caminho deverá ser tomado na solidão.

E nesse momento fica fácil a compreensão da fragilidade humana, a psique se esforça para forjar no individuo uma força ultra-interna para superar esses traumas da alma, porém, nem sempre consegue com sucesso. Muitos ainda morrem sem ter noção do que realmente foi causa de sua morte, costuma-se encontrar problemas físicos para justificar a falência dos órgãos, mas quando vemos o contexto, percebemos que, na grande maioria, já havia uma falência, a da alma, dos sentidos e da existência, então me pergunto:

Qual o caminho que devemos seguir para nos conectarmos respeitando a individualização?

Como podemos evoluir a ponto de nos conhecermos a fundo?

Seria realmente a mente a condutora principal que nos fornece vida?

E por que existimos?

Sei que se procuramos no campo da Psicologia, Filosofia, Teologia, Medicina, Antropologia, Cosmologia, e demais ciências, encontraremos teses, artigos, textos, contos, e poesias que expressam essas minhas ânsias pelo sentido, porém, minha proposta é buscar tais realidades no cotidiano, na simplicidade da vida.

Como consigo defender a tese de DEUS? É fácil, basta pegar tudo aquilo que a ciência, em toda sua evolução e complexidade não consegue explicar, pois o que ficou "encoberto é mais do que vã filosofia", segundo William Shakespeare, e através desse pressuposto, conseguimos conferir a criação do homem a um ser que não vemos, ou tocamos, apenas acreditamos e impulsionamos todos nossos medos e frustrações.

Afugentamo-nos e não por sermos covardes, mas por sermos frágeis, sensíveis e temerosos, pois, como seria se o mundo tomasse consciência desta digital limitação marcada em todos antes mesmo de nascer? Quando nos debatemos com essas realidades fica fácil a compreensão do silencio interno, a real motivação da ausência dos sentidos, da falta das convicções: estar por estar, viver por viver, beijar por beijar, comer por comer, fazer sexo por fazer, sair por sair, enfim, usufruir de todos estes benefícios que a vida, que não sei o que é, nos proporciona.

Autores contemporâneos como Leonardo Boff, Khaled Hosseini, entre outros, tentam desesperadamente ou através de romances ou livros sobre temas atuais como a preservação do meio ambiente, resgatar nos seres humanos a complexidade do sentido da vida. Posso imaginar as frustrações que estes vivem internamente diante da degradação humana, e sua falta de sentido, posso imaginar as dores de partos que estes heróis da literatura enfrentam ao exprimirem totalmente suas sensibilidades e criatividades no intuito de se conectar ao leitor, na intenção de atingir a sua consciência a ponto de emergir do nada o tudo. Esse mesmo anseio é que me toca esta fugacidade de ver outro tipo de humano transitando pelas ruas, com mais vontade de viver, e não esta realidade que enfrentamos nos dias de hoje, em que nossos jovens perdem totalmente o sentido da vida, do amor, e se precipitam.

É como meus tragos no cigarro, uma morte a cada tragada, assim caminha nossa juventude desvirtuada e ao mesmo tempo vivendo no mundo virtual, cujas realidades se encontram e ao mesmo tempo se distanciam, se conhecem e ao mesmo tempo se desconhecem, se matam e se negam numa velocidade monstruosa.

Certo dia, eu enfrentava meus demônios internos e, em algum momento, pude receber dois conselhos de um deles. No primeiro conselho ele me dizia:

Negue tudo o que conhece, e viva de forma irreverente, não se importe tanto com as consequências... No segundo conselho, me disse:

Apenas faça o que deve ser feito.

Então percebi que os demônios não são tão maus como a religião pregou e anexou na mente dos seres humanos, aquele demônio só me disse o que eu mesmo estava me dizendo há muito tempo e não tinha coragem de assumir, então, no primeiro momento, como menino medroso eu o culpei, mas depois de um tempo já acostumado com aquela realidade, pude me responsabilizar pelos meus atos, percebi, então, que o Deus Transcendental e o demônio acidental moravam dentro de mim, ou seja, eu era meu deus e meu demônio, assim ficou mais fácil quando precisei assumir o outro conselho, pois já estava cansado de viver com o primeiro e me predispus a fazer o que devia ser feito.

 Lógico nem tudo são flores, ainda tenho o cigarro como um combate interno, mas ainda não se foram os fôlegos de vida... Então, se tem uma chance.

Quero dizer com isso que não dá mais para responsabilizar o externo pelas suas escolhas, a maturidade bateu em sua porta no momento que escolheu ler esta obra, estamos no momento de deixar o leite mundano e nos apegarmos às coisas mais consistentes, como a religião. O que seria mais consistente que a religião?

A ciência? Não! A vida, o cotidiano, as conexões com os seres que tem no seu dia, os diálogos com a esposa, as brigas, os palavrões, só alcançaremos a essência quando participarmos dela, seremos humanos quando formos "Manos", "Vacos", iguais respeitando a individualidade, quando ousarmos deixar de lado nossos egos inflados e nos colocarmos na disposição do outro, não no sentido de "ser", mas no sentido de "sentir", descobrimos tarde da noite como faz sentido a vida quando sabemos da morte de um ente querido. A família é o mundo, e a iniciação da glória começa hoje.

1.3 Ruas da felicidade

O rumo da vida é decidido pelas escolhas; todos tem seu modo de ver os espaços que o mundo oferece, eu observava meus espaços da forma que me convinha, nem sempre me julguei esperto e tão pouco inteligente, minha maior esperteza me levou a descobrir que sou tão pequeno quanto à formiga e tão pobre quanto à barata.

Às vezes o vento gelado do inverno doía meus ossos, mas o que infecta minha alma são as percas que tenho que encarar todos os dias no espelho se torna frio meus olhos tanto quanto a geada, num curto espaço de tempo reflito sobre tudo e percebo que tudo não existe e que o resultado do nada se mostra na face do espelho.

É fácil para mim me esconder basta uma garrafa de água quente, uma cumbuca de chimarrão, um sentimento de ser amado por alguém, não a culpa uma vez que todo ser humano depende de uma química que o celebro produzo, eu dependente do amor do próximo, carente por essência e solitário por escolha.

É fato a loucura de andar por um caminho a fim que este tenha um fim, mesmo sabendo que na morte ainda estarei no meio do caminho, pois é sem fim, então quando isto acontece tento somente policiar meus pensamentos, minhas vontades para que ela não se torne resultado de fuga, falo de mim, e sempre foi fácil eu fugir dos meus sentimentos minhas realidades com meus pensamentos e sonhos irreais.

Se o propósito de viver é se encontrar contigo mesmo ou então obter a felicidade, não sei o que me alivia se é acreditar num propósito mesmo eu não sabendo qual, me trás esperança ate mesmo em dias de chuva.

As raízes da minha alma foram arrancadas um dia, então desprendi do mundo e de suas paixões. Em um domingo de sol forte, sabe aqueles dias que você mesmo parado seu corpo físico soa, então foi nesses dias eu andando pela Avenida Dom Pedro I, o alto do numero 12020 em frente um motel elitizado, onde havia uma calçada, seguindo sentido meus passos, em minha lateral, estavam em harmonia os formosos pés de Ipês roxos meio rosado, meus sentidos e pensamentos estavam concentrados no silencio do mundo e na sinfônica harmonia das musicas que tocava em meu MP3, percebi que era mentira o que havia contado para mim, pois tinha MP3, computador, tênis de grife e tudo que a tecnologia podia me oferecer e novamente veio uma reflexão: o que é importante, ser desapegado ou ter a matéria e se sentir desapegado, pois se for sentir creio que escolhi o caminho certo, agora se for ter creio que o monge habita longe de meu espírito, e toda confusão interna foi busca minha. Quantas vezes eu acreditei que escrevendo teria eliminando minhas revoltas, minhas agonias, pobre de espírito me apresento e o que sobrou foi isso uma calçada uma coberta amarela com bordas marrom, papelões e um "dog." somente um "dog.", uma garrafa de cachaça amarela que trás no rotulo que foi produzida no sul de Minas Gerais, mas ainda continuo a acreditar que esta pinga foi destilada pela Senhora que me vendeu talvez ela faça isso no quintal de sua casa. Agora já não há mais MP3 meus pés são inchados sem a tecnologia que tinha no passado, sem nada a não ser um "dog.", percebo que não consegui me desprender das paixões mundanas, pois ainda me seduz observar as navegas que são ressaltadas pelas saias coladas das crentes quando passam na minha frente em rumo ao culto.

Leviano são o globo e suas ideologias, exprimem os seres, forçam o ser o coagindo a ter as mesmas ideias alienatárias, capitalistas, consumista! Berro pelas ruas essas coisas e me chamam de louco mendigo, não sabem que fui criado em berço de ouro, morrei na Rua Inglaterra, perto da Avenida Itália, no Jardim das Nações, a casa era grande espaçosa, tínhamos copa, sala de jantar, piscina para se refrescar AM dias de calor, meu pai era um medico culto e devido sua busca por um intelecto avantajado tínhamos uma biblioteca, cresci escutando historias de Monteiro Lobato, Fernando Pessoa, Machado de Assis, aprendi a gostar de literatura, cultura exótica, lembro-me bem que uma obra que me chamo atenção foi "O alienista" depois aos meus dezesseis anos projetou toda aquela identificação com a obra para meu pai o que me trouxe grandes magoa e restrições.

Minha mãe era uma perua da sociedade não fazia nada que não fosse relacionada a comprar e a ir à academia e claro dar ordens a Dona Amélia nossa secretaria do lar, essa por sua vez era uma pessoa de poucas habilidades com leitura escrita, mas rica na arte de ser mãe, por muitas vezes desejei que o carrinho que recebia dela fosse o da minha mãe, claro! Minha mãe tinha qualidades e percebo isso somente agora, pois na época estava dominado pelo espírito anarquista, socialista, anticapitalista, muito por influencia das obras de Karl Marx, principalmente "O Capital", não aceitava minha condição financeira, os desperdícios, as compras desbriadas de minha mãe, as viagens luxuosas no fim de ano que muitas vezes não quis ir.

Quando fiz vinte anos resolvi contrariando meu pai estudar serviço social me aprofundar para quem sabe depois fazer sociologia, ele me falava que isto era ciência de passa fome e que toda família tinha sido medica, que eu deveria ser medico, sempre tive um pensamento:

Do que adianta ser medico, receitar remédios ou fazer cirurgias, salvar vidas em ultimo caso, e termos uma sociedade doente, acreditava que era preciso tratar a sociedade e seu espírito morto, para depois cuidar da parte física.

Mais este não vem ao caso, o caso é que devida minha rebeldia, meus desencontros, hoje sou morador de rua, peço comida para não morrer de fome e um dia quando quis me desligar do mundo nunca imaginei que o mundo se desligaria de mim, hoje nesta calçada vendo os carros passar percebo que poderia ter tido tudo, mas não quis porque iria corromper e romper com as minhas crenças com tudo que lutei para ter e acredite roube do homem o que ele tem, mas não a de levar sua ideologia, não aceitou isso e no fim mesmo com todas as minhas confusões mentais ainda consigo ser feliz.

O por do sol é radiante, o asfalto brilha sem que ninguém note, em dias comuns pessoas comuns andam pelas gigantescas

Avenidas, sem notar as próprias sombras ousadia seria eu acreditar que eu seria notado por elas, minhas mazelas são os retratos em negrito e branco com toque de grafite sintetizando com as nuvens de verão, os passos das pessoas são largos como um rio sem domínio, eles se vão sem notar as folhagens e a brisa criada pelo agito das águas.

No fim toda pureza, todo amor, toda nobreza, toda cultura, satisfação momentânea são miragens para quem tem como argumento a alegria de viver e ver o valor do divino no não conseguir, no conquistar e sim no apreciar não mais como um Homem e sim como um ser Humano e assim sigo neste mundo paradoxal selvagem sinistro e belo como uma pintura de Pablo Picasso, sigo o caminho da rua da felicidade.

Um dia me perguntaram: Como faz para trabalhar com dependência química? Eu respondi: Seja humano.

2.3 Iguais

Respirei fundo, soltei o ar que enchia meus pulmões vivificando meu corpo e logo comecei alimentar minha alma com uma oração que igualava todo aquele grupo reunido de mãos dadas.

"Deus conceda-nos serenidade para aceitar as coisas que não podemos modificar coragem para modificar aquelas que podemos e sabedoria para reconhecer nossas diferenças"

Assim numa única voz fizemos, naquele momento recebi uma carga de energia que jamais havia recebido e logo compreendi que não aguentava mais usar drogas e entregar meus valores nas mãos dos outros.

Tive que aprender na dor e aprendi que o amor é a joia que temos no coração e que quando recuso doar brilhos desta joia ao próximo, significa que na verdade perco a joia, mas mesmo perdida ela ainda se encontra dentro de mim. E foi isso que fiz adentrei e me interiorizei para achá-la e novamente assim construir e contribuir com uma humanidade mais justa e amorosa, e fazer isto hoje se tornou missão em minha vida qual Deus ortogou.

Resplandecer este brilho foi o que fui buscar naquele local, pois o brilho do outro reflete sobre mim acionando assim o que tenho de bom.

Tamanho egocentrismo fui eu pensar que esta joia é minha uma vez que nem eu por mim mesmo sou eu e só sou por que Deus diz que sou.

Talvez se soubesse disto há anos atrás quando ainda me fazia no ventre de minha mãe, minha historia seria outra, mas hoje quando sinto a água que sai do chuveiro percorrer meu corpo me sinto vivo e rico em vivencias e sempre penso que um propósito maior foi o motivo de tudo.

Possibilidades e probabilidades hoje fazem parte de meu dia e é bem provável que não iria ter tamanha grandeza existencial se não passasse por tudo que passei e falo de grandezas espirituais, pois hoje num mundo que tudo se classifica minha tendência é minimizar o termo de "grandeza" restringindo apenas as riquezas materiais quando na verdade o que necessito são de valores espirituais.

Concluo neste momento que passei pelos caminhos que havia de passar, e ser grato por isso hoje é o pouco que posso fazer, pois, é meu passado, minha historia. E é nele que me seguro quando estou empobrecido por este mundo social muitas vezes hipócrita e cego, tenho que andar pelos corredores do meu eu ir La no fundo para encontrar meu baú de joias para me lembrar de onde DEUS me tirou me livrou, para lembrar-me do propósito maior e acreditar que é só o hoje que ele me da para fazer o melhor que eu puder e quando consigo fazer isso retorno para esta sala encontro com estas pessoas que se igualam a mim na oração e nas historias de vida. Então retorno para casa com um sentimento de conquista, sim de conquista. Mais um dia que não vou me drogar. Só por hoje.

Na terra dos Santos os pecadores são apedrejados.

3.3 Mil faces, mil fatos.

Mesmo que nos olhos aja falta, ainda sim não a de faltar. Percebi que muitas vezes quis ser Deus e me coloquei no seu lugar, foi fácil sentar no seu trono, difícil foi comandar tamanha complexidade que é a vida e quando falo em vida observo que perdi a metade tentando ser o que não nasci para ser.

Foi fácil por as personagens que me dispus a ser, difícil foi conseguir ser o que não era por muito tempo. Constantemente aprecio as estrelas e vejo que meu sonho de mil faces era ilusório e que ninguém consegue ser o que não foi feito para ser, uma hora tudo cai e nestas horas os castelos são de areia e os bancos de madeira.

A falta que achava existir em mim, vejo que não faltava, era somente espaços vazios em meu ser por ter tentado ser Deus é digo tentado como fui quando percebi que o livre arbítrio é tentação na Mao dos mortais, é como um quilômetro de guloseimas onde na largada existe três crianças seria tentação não comer, ou então seria insano comer vomitar e voltara comer, isso falo antes do tiro de largada.

Fantasiei tanto minha vida que hoje se tornou difícil saber o que é real.

Havia um ser supremo que quando ele decidiu que eu deveria existir, fez para mim dois caminhos e me deu a opção de escolher um dos dois e mais me dotando de liberdade ousou entregar as enxadas de minhas vontades, então eu poderia ir além dos dois caminhos, podia abrir atalhos e eu nato por natureza a ser livre e rico em teimosia e auto suficiência me perguntava por que não poderia eu abrir meus caminhos, então comecei a trilhar minhas próprias estradas.

Os rumos que muitas vezes tomei pareciam retos aos nossos olhos, mas seu fim me trazia lagrimas que nem sempre suportava seus escorrimentos, achei que podia conquistar garotas e isso era fácil, dizer o que o outro esperava ouvir era uma habilidade que eu possuía e assim conquistei minha primeira mulher, mãe de dois dos três filhos que tenho. A Lucia era bonita e ingênua quando a conheci eu um cara esperto, descolado e dono dos meus próprios passos, com talento para musica, o canto, no dedilhar da viola eu soltava meus artifícios de conquista.

Sempre foi fácil se esconder atrás dos meus talentos, atrair pelas qualidades a maquiar os defeitos que eu mesmo me enganava dizendo que não tinha. Desta união nasceram duas crianças inocentes, sem culpa de ter um pai tão artificial quanto os sabores dos sucos tomados aos domingos nos almoços. Minhas faculdades eram concentradas no ter, no ser, no poder, no querer, e nunca imaginei que elas se concentrariam um dia no perder, mas isso o tempo encarregou de providenciar, hoje lembrando tudo isso vejo que foi necessário eu passar pelo vale de ossos secos sentimentais, emocionais obscuros do meu eu, só faltava o último passo para isso, vir a usar droga e exatamente isso que aconteceu, mesmo eu sendo casado conheci a noiva branca que se estica na mesa de vidro esta noiva me trazia fantasias internas tão profundas quanto o inferno.

A cocaína me trouxe prazeres que nunca imaginei ter e com estes prazeres ganhei novas personalidades. Meu caráter já estava fragmentado, agora eram cacos jogados em um latão de lixo, o tudo adquirido na minha vida foram ventos que passei rapidamente, agora eu estava viciado na cocaína, e muito era pouco, vivia na dependência e por depender dos prazeres irreais que o pó me trouxe acabei perdendo tudo. Resgatar o que foi jogado abismo abaixo é difícil e exige esforço próprio e quando não se tem forças nos braços para dar abraços, eu era pai, mas não tinha aprendido ainda ser filho, eu era esposo, mas ainda não havia aprendido a ser amado por mim mesmo, quebrar toda esta deficiência criada em anos de uso de drogas seria algo complicado mais não impossível, descobri que minha vida regada a luxuria, preguiça, inveja, e vontades próprias me trouxeram uma doença, agora eu era portador da adicção, uma doença sem cura interna que se expressava externamente através dos comportamentos, doença com aspectos mentais espirituais e físicos, e para desvincular todo meu ego inchado e este elo algo precisei fazer pedir ajuda, e fiz isso.

Internando as más ideias

Minha primeira internação aconteceu quando tinha 23 anos tive mais 12 internações e não se assuste foi ávida que escolhi e tive que pagar o preço desta escolha, no começo achava que deveria internar somente o corpo, tive que aprender friamente que a internação é emocional, mental, espiritual é que tudo acontece, quando deixo as coisas acontecerem o mais longo caminho é o certo. Na verdade Deus me deu mais que uma vida, mais do que um dia me deu o poder de sentir a brisa.

Às vezes um vazio é o fim de um ciclo que gera o começo de uma nova estrutura intern. Tive que perder tudo e me esvaziar para entender que era supérflua toda forma de matéria, que são os sorrisos que alimentam alma e que purpurinas no céu são luzes de Deus espalhadas pelo o horizonte, aprendi ver a vida com novos olhos e com tonalidades diferentes e tudo então mudou.

Se namorar no espelho fazia parte de uma terapia para aprender a se amar, ninguém pode dar o que não se tem, nunca amei meus filhos talvez por não tiver aprendido a me amar, foi nos meses desta minha ultima internação que pude perceber que meus momentos mais alegres são quando estou bem comigo mesmo e que não vale a pena perder tempo tentando substituir vazios é preciso ter ação em cima de todo caos emocional que a droga provoca os amigos verdadeiros que possuímos e algo maior que nós mesmos somos peças chaves para preencher este vazio, que por muito tempo tentei substituir por bebidas, mulheres, drogas ou coisas materiais e não resultou em nada.

Foi num dia de chuva o centro de tratamento estava monótono, nada me agradava eu conseguia ver defeito em tudo, quando um amigo me disse que o problema estava comigo. Tal fato me fez refletir sobre como poderia mudar o universo que me cercava, então percebi que nada poderia fazer para mudar o universo externo, mas se eu trabalhar meu universo interno tudo ficaria bem e o sol seria mais caloroso ou a chuva mais suave. Fiquei seis meses excluídos da sociedade, mas quando sai consegui reconquistar meus filhos e minha família, hoje pai, e posso dar o que tenho amor. Faz cinco anos que não tomo minha droga de preferência, mas isso não me garante nada se hoje eu não me amar.

** O conto é o encontro entre a parte dialética e o cotidiano, abordando as dimensões mais profundas do ser, esta busca se dá dentro da fronteira do já e o ainda-não, pois, estas duas dinâmicas sapienciais são um tanto refutadas de o próprio ser.*

4.3 A cigana

Quando eu tinha trezes anos uma cigana me parou na rua e quis ler minhas mãos eu fiquei apreensivo, relutei, pois eu tinha apenas três reais para comprar guloseimas mais quando ela falou que podia ler minhas mãos e assim adivinhar meu futuro não resisti à proposta e tomado pela curiosidade entreguei minhas economias nas mãos daquela cigana afim dela ler as minhas, percebi que aqueles pulsos eram iluminados, pois possuía muitas pulseiras de ouro de certo a divindade se encontrava ali o brilho do metal radiava em meus pequenos olhos arregalados e curiosos. Então ela me disse:

__ Pequeno grande menino, vejo que seu futuro é promissor, quando tiveres vinte e quatro anos a de governar um povo e terás muito dinheiro, joias serás sábio entre os homens e os grandes buscarão ouvir tuas palavras.

Eu entusiasmado mal pude ouvir aquilo e corri para minha casa para contar as novidades para meus irmãos e minha mãe.

Fui crescendo e logo tudo aquilo sumiu de minha cabeça devido o decorrer da vida, quando fiz vinte e quatro anos estava dentro de um centro de tratamento para dependentes químicos para se recuperar do vicio de drogas, então percebi naquele momento que não era governador de um povo, pois não governava nem a mim mesmo, não ostentava joias e pouco era sábio e ninguém me procurava para ouvir o que eu tinha para dizer.

Descobri naquele momento que o futuro se faz no hoje, e que o homem não pode governar um povo enquanto não governar seus pensamentos e sentimentos e que joias na verdade são as pessoas que amam as suas, que não abandonam por mais que muitas vezes escolhemos andar por caminhos errados e que sabedoria não quer dizer falar e sim ouvir e que a paciência é a ciência da paz.

Assim aquela cigana acertou apenas uma parte da profecia, a que eu seria aos vinte e quatro anos um pequeno grande menino.

** Peço ao leitor se em alguns momentos o texto se tornar apoucado, tenha paciência, pois bem provável que o próximo paragrafo seja interessante.*

Capitulo IV.

Superar as adversidades da vida com pulsação de Eros.

Tenho de alertar o leitor que não sou um grande fã de neurolinguística, mas deixando este meu pré-conceito de lado, voltaremos a tratar de alguns assuntos já abordados anteriormente, como a questão da individualização.

O termo autoajuda, sempre me causou uma interrogação, pois vejo neste discurso a busca da individualização, e ao mesmo tempo, parece-me contraditório, pois se é autoajuda pressupõe que a pessoa por si só se ajude, mas ao mesmo tempo vejo o mercado fornecendo livros e mais livros catalogados como autoajuda.

Então sempre me pergunto:

Quem ajuda quem? O leitor que sustenta o escritor? Ou o escritor que ajuda o leitor? Nesta dinâmica, consigo ver a tese da conexão emergindo dentro desses conceitos, e ao mesmo tempo, percebo a infantilidade do senso de lógica que alguns seres ainda vivem e isso não está relacionado à ignorância ou à falta de educação, que são os apelos mais gritantes quando criticamos as realidades e a consciência popular, mas está intimamente relacionada à falta de apreço pela vida e a preguiça de pensar do ser.

Contribuir para uma sociedade mais justa, como dizem por aí, pede urgência em propiciar uma sociedade mais ativa mentalmente, fornecer, desde a maternidade, universos que façam as pessoas se esforçarem na crítica interna e no sentido da dúvida. Certo dia, eu li uma história muito interessante que dizia o seguinte:

Havia um monge que estava cansado da vida urbana, pois não conseguia dentro deste contexto meditar e elevar seu estado espiritual, então, ele, morando em uma cidadezinha pequena com montanhas gigantescas, resolveu subir à montanha e viver uma vida como os padres do deserto.

Começou sua subida e foi seguindo o rio que descia da montanha e em certo ponto resolveu adentrar pela mata e continuar a subida, lá no alto encontrou uma toca, olhou para ver se havia algum animal perigoso e percebendo que não havia resolveu se alojar. Plantou um pé de pera e ali permaneceu por dez anos. No nono ano, no mês décimo segundo acordou e amaldiçoando tudo chutou suas coisas pessoais e caiu em lágrimas, então olhou para o seu céu e disse:

___Não aguento mais comer peras! Agora estou aqui e mesmo assim não consigo sentir Deus, também não descobri o sentido da vida. E todos esses anos reclusos, não pude me conhecer, vejo que Tu és ilusão, e que a verdade não pode ser encontrada.

Aos prantos, encostado ao pé de pera em meio a soluços resolveu voltar para sua cidade e começar um novo estilo de vida, desta vez, preferiu ir pela lateral do rio, pois, assim, seria mais fácil a descida. Então o fez. Depois de duas horas descendo o rio encontrou um velho monge que estava ali e lhe pediu água. Os dois começaram a conversar. O jovem monge perguntou ao velho:

___Há tempo o senhor está aqui?

___Ah! Meu filho, já faz vinte e cinco anos!

O jovem envergonhado não se conteve de curiosidade e logo indagou:

___Nossa! E como tem sido para o senhor isso? Como o senhor se alimenta?

___Os primeiros dez anos foi muito difícil, mas já faz quinze anos que Deus vem olhando por mim e me mandando cascas de peras pelo rio.

Às vezes, a vida está assim... Nesses momentos, se não notamos os detalhes, temos a tendência a agir com o jovem monge. Questionar nos faz inteligentes, mas apreciar nos faz sábios, e nesta era de comunicação, virtualidade, silêncio interno e isolamento latente, temos grandes chances de notar os detalhes de forma mais única, com mais sensibilidade. A fragilidade do homem faz com que ele note sua fraqueza, e quando não olha para sua própria fraqueza não conhece suas fortalezas. Vemos muitas pessoas descambando para o uso de drogas, noites interruptas de flagelo interno pelo medo de abrilhantar seu dia, foi nos meus momentos de crise que pude obter meus maiores lampejos de entusiasmo, talvez isso que possa estar faltando para você, que, hoje, escolheu ler este livro: entusiasmo. Quem não vibra com a vida não é digna de tê-la, por isso, temos zumbis em nosso meio, pois não a possuem de forma única e unigênita, mas a boa noticia é que tudo é ambivalente e quem em tudo se extrai a evolução, que nada se perde, tudo se transforma. Veja bem, se pararmos para ver a chuva hoje e amanhã, veremos duas chuvas e não dias chuvosos. Hoje ela pode vir no sentido horizontal e amanhã no sentido vertical, ou seja, tudo está em nosso ponto de vista, conseguimos pegar a vida quando conseguimos larga-la, quando nos esquecemos do EU encontramos o NÓS e isso não é se negar, ou ser escravo como alguns pesam, pois ainda assim teremos o EU dentro de nós.

Só poderemos ser um ser para o outro quando formos um ser para nós mesmos, e isso vai acontecer quando entendermos a fragilidade humana e a apreciarmos no sentido de contemplar a vida, e este contemplar consiste em amadurecer o foco de visão que temos sobre a própria vida, e tenho por mim que isso só acontece quando somos loucos o bastante para refletir, "penso, logo existo".

Por que existo?

Qual minha missão? Se é que existe missão.

O que venho buscar desta realidade, dimensão, espaço?

Quem sou eu?

Perguntas que, por muitas das vezes, não conseguimos degustar devido à própria racionalização que o cotidiano nos impõe. Com as correrias e afazeres, nem sempre estamos dispostos a pensar, pois a fadiga que procede durante toda manhã nos acompanha ao entardecer chegando a penetrar nossos sonhos, vivemos pré-ocupados, pensando no dia seguinte, relatórios para serem entregues, vendas que precisam ser fechadas, planejamentos que devem ser executados, contas que devem ser a pagas, todo esse estado de êxtase metropolitano vem, aos poucos, matando a naturalidade do ser humano, fazendo-o esquecer-se de seus instintos, de suas necessidades ontológicas, levando-o ao fundo do abismo de seu existencialismo, o reduzindo à modernidade como suposta evolução.

A ideia de modernidade sugere evolução, mas quando vemos a olho nu, percebemos que quando tratamos de modernidade estamos presos a fatores materiais. Então, se reduzimos essa modernidade à matéria, temos o atraso humano, pois, evolução, suponho que seja um estado de espírito que atingi o ser humano em todas as suas facetas e dimensões e não apenas em uma área isolada.

Ligados pelas convicções comuns, os seres têm em si uma difícil missão, a de se superarem diante dos paradigmas existenciais, nesta rede paradoxal toda fusão no sentido de transcendência é bem vinda, ainda que vagarosamente a pessoa em si se sinta com limitações para se encontrar, quando quebramos nossos paradigmas, crônicas, verdades imutáveis, temos chance de emergir.

O mundo, cada vez mais descamba ao pessimismo e ao isolamento, resultado da velocidade cotidiana que contribui para esse fenômeno. Os diálogos das praças vão se apagando aos poucos assim como um dia vivenciou a poesia. Não se preza mais pela espontaneidade, temos pouca tolerância para a extravagância e não suportamos mais a criatividade urbana, a conta gotas.

Tendenciosamente, encobrimos todos os resquícios tribais, afim, de garantir o monopólio. Criamos um monstro chamado capitalismo e ainda persistimos em nutri-lo com cevadas de nossa ambição. Infelizmente um olhar crítico para esta subversividade vem sendo enterrado devido aos discursos progressistas, que não conseguem aceitar a igualdade e a essência que havia nos antepassados.

Corremos cada vez mais para uma falência espiritual nos dias de hoje, e o mais triste é que isso acontece como manada de búfalos que vão ao encontro do predador, ou seja, acontece num âmbito coletivo.

Não quero que o leitor erroneamente catalogue este texto como pessimista antes de dar uma olhada para as nossas estatísticas, começando no âmbito urbano, e depois dando uma olhada no âmbito ecológico.

Facilmente veremos para onde caminha toda esta comunidade universal, o derrotismo se apresenta em várias etapas até se concluir e inserir no cerne do ser humano, vemos tudo a "fast food", vivemos este fenômeno "fast food" de forma tão inadimplente que se torna quase que impossível o caos futuro.

1.4 Pai herói

Sabe quando a chuva forte faz poços de água, então comecei a imaginar em uma chuva de três horas, nossa! São universos paralelos que se formam por três horas, consegue imaginar isso nações que são criadas e desfeitas, logo quando o sol bate, consegue imaginar quantas vidas começam a correr conforme os suprimentos vão acabando, e o mais assustador, todas aquelas bactérias vidas irão embora como o vento da manha sem muitas vezes serem notadas.

Tenho quinze anos, meu nome é Robert, vejo a vida de varias formas e em vários estágios, veja bem eu já fui esperma depois bebe e agora me chamam de adolescente as espinhas no rosto me mostram a face da puberdade. Eu conheci o Fester e esse me apresentou o skate e a Nayara, a Nayara me apresentou a maconha e o sexo, o sexo me apresentou o prazer, e o prazer me trouxe o Vitor meu primeiro filho, que já esta no quinto mês de gestação, esse que já foi esperma e agora é feto logo vai ser bebe.

Lembro ate hoje quando fui conhecer o pai da Nayara e isso foi ontem, valho rabugento e simpático ao mesmo tempo da par acreditar nisso, fala mal da juventude tomando cerveja e engordando a barriga, mas por outro não é Tucano e nem PT disto eu gostei, não que tenha algo contra partidos sós não gosto de políticos, ele foi bem assertivo comigo, assumia o filho e sua filha ou então ele me capava, segundo ele sua filha era santa virgem e inocente, achei melhor ficar quieto, eu amava a Nayara e um filho foi algo que sempre quis ter mesmo não sabendo como ser pai.

Minha mãe quando eu disse que iria ser pai ela me disse Parabéns! Claro ela estava bêbada e isso era o normal dela perdia tanto tempo em frente da garrafa de Vodca que não me recordo quando eu a vi pela ultima vez sóbria, então sabia que dela não viria bronca nenhuma, contei para ela esperando um susto algo assim, um berro, palavrões e confesso foi frustrante perceber que ela nem ligava, que sua concentração era totalmente perceber em que grau sua mente estava.

Falar do meu pai é fácil pense em um jogador de futebol frustrado, onde passava arrumava uma mulher e filhos a ultima vez que ouvi falar dele segundo ela ele estava morando ali pros lados de Tremembé, cidade pequena e confusa, com um centro pequeno e confuso, cidade de um farol. Nunca criei interesse em conhecer ele, tinha um pai imaginário que supria este vazio paterno, eu era fã do 2pace esse era meu pai, mas sei La quando soube que iria ser pai gostaria de falar com meu pai, de ter um pai sabe, não o Raimundo mulherengo e fracassado que mal consegue se sustentar, mas um pai que me dissesse como é ser um.

Falei para mim mesmo que seria o melhor pai do mundo para meu filho, o Vitor não merecia um alcoólatra e nem um frustrado como pai, resolvi então mudar radicalmente e buscar o que sabia. Como ser um bom pai.

Peguei meu skate e sai a dropar a fim de saber como ser um bom pai, coloquei meu MP3 no ouvido e ao som de Gueto Gospel desci a rua um rumo a Avenida D. Pedro I, e aquela ladeira macabra, já no alto da Praça da Igreja do Rosário estava cansado e ofegante, sentei num banco de madeira que havia ali, a fim de refletir sobre tudo o que a vida me havia presenteado e depois de

30 minutos pensando cai a chorar, agora eu voltava ao estagio de bebe sem comida, que fica ao pé do ouvido da sua mãe querendo ser amamentado, passava por mim crianças, jovens, senhores, senhoras, e não entendiam nada somente me apresentavam um olhar assustado e misericordioso, foi quando uma senhora de cor clara assentou ao meu lado e perguntou o que me afligia.

Então eu disse:

__ Acontece que vou ser pai. A moça fez cara de espanto para depois voltar sua coloração normal, e eu continuei a contar minha historia, foi quando ela me interrompeu e me disse:

__Olha só jovem sei que você é novo e ate me espanta saber que nossa juventude esta cada vez mais evoluída ou estupidamente acelerada, mas para sua questão o choro não vai resolver acho que deve fazer o seguinte já que esta aqui compre um lanche e fique aqui a tarde toda e perceba a vida, vai perceber que os segredos da vida são simples e nós que a complicamos.

Falou isso e depois de se despedir se foi eu havia ficado aliviado, resolvi então cumprir com a proposta da moça, pois não tinha nada a perder e já me encontrava ali, então comprei uma lata de refrigerante e um pacote de salgadinho de vento e pus-me a arte do observar para no final daquele dia ter uma conclusão clara sobre a vida e como ser pai.

Eram 10h00 da manha e vi dois senhores que conversaram sobre a inflação, me parecia entender sobre o que falavam e percebi que a situação do País não era boa para se ter filhos, pois que eu saiba bebes mamam leites e usam fraudas, e vindo em minha direção um dos senhores cutucando os dentes com um palito comentava para o outro:

__Nossa como está carro o preço da fraldinha! E o outro logo completou dizendo:

__ Quer leite vai mamar na vaca!

Sei La, achei estranho, mas parecia que não era só eu que estava preocupado com fraudas e leites, já fazia duas horas que estava sentado naquele banco, foi quando observei a cena que classifiquei do dia. Um pai vindo com sua filhinha, ela vinha entre a cabeça de dele de cavalinho, cantando e o pai dizia:

__Filhinha, vamos tomar um sorvete bem gostoso! E a menininha exclamava

__ Oba! Quero de cereja!

Entendi naquele momento que um pai tem que ser carinhoso e atencioso, do outro lado da calçada, observei uma viatura de policia parada fazendo ronda, percebeu que um pai tem que proteger seus filhos, viu uma mãe com um menino saindo de uma loja de roupas, conclui que um pai tem que agasalhar seus filhos.

Já era 5h00 da tarde e eu estava ali sentado no banco da praça, o dia daqui a algumas horas iria embora, e eu já havia aprendido grandes coisas, mas nenhuma seria comparada com a experiência que eu haveria de ter ao termino daquele dia.

Estava ficando escuro o sol já ia para seu descanso matinal, minha mente flutuava no ar, às vezes penso que os homens gigantes pensam que nó homens pequenos não percebemos as viagens da vida e suas transformações, o mundo se descobre no homem e na evolução da vida, a rotina dos dias silencia os seres maduros que surgem em nosso consciente adolescente, e tudo que falamos se torna em bobagens para os ouvidos sensíveis ao consumo e fúteis empenhados em coisas materiais, sei que não nasci filosofo, mas todo jovem o é, basta abrir as visões apagadas pelas censuras envelhecidas e os conceitos ultrapassados, no fim eu era um adolescente acelerado estupidamente por uma situação, mas era escravo desta evolução e de um sistema globalizado que me forçava ser acelerado, e o mesmo me calava não importa isso agora só queria descobrir como é ser um bom pai e para isso teria que explorar a fundo toda essa energia, tanto da que forma quanto da que cria, ou seja, teria que na minha vida haver harmonia entre gerar e criar.

Eram 18h00 e teria que ir embora ainda precisava passar na casa da Nayara e partilhar toda minha descoberta, não sai satisfeito, mas já havia determinado que minha busca tivesse que ser continua, havia anotado num papel de pão tudo o que eu havia observado, estava escrito na seguinte ordem.

Um grande pai é:

Carinhoso

Atencioso

Protetor

E agasalha seu filho

A Nayara era do tipo de menina moderna talvez por isso com seus quinze anos já se encontrava grávida, eu amava seu jeito, seu sorriso tudo nela me atraia eu tinha certeza que havíamos sidos feitos um para o outro, ela me dizia que estava pronta para ser mãe e um filho meu foi tudo que desejava ter, por mais que éramos novos sabíamos bem o que iríamos enfrentar e estávamos prontos para tudo aquilo, decidimos juntos não fumar mais maconha, ela por causa do bebe e eu para não provocá-la aceitei não fumar, mas acontece que quando estava longe sempre eu acabava fumando um baseado.

Cheguei a sua casa, toquei a campainha e seu pai me disse para entrar, cumprimentei o pai e a mãe dela que se encontravam na sala e mirei a escada, e logo subi fui para o quarto da dona de minhas emoções, nos abraçamos nos beijamos e sentamos na lateral da cama nos dispusemos a dialogar sobre nossas experiências do dia, ela me disse que sua tia Maria havia passado a tarde toda com ela com a missão de passar vários sermões, começando falar sobre a juventude transviada ate suas experiências como mãe e toda essa baboseira, e logo interrompi e disse que meu dia foi uma grande lição, falei do meu encontro com a senhora e tudo que havia sucedido depois, estava já noite então resolvi não dar motivos para o pai dela, antes de ir beijei-a novamente e dei um beijo em sua barriga, estava linda redondinha falei baixinho ao pé do ouvido dela serei o melhor pai do mundo, ela me acompanhou ate a porta e fui embora.

No outro dia acordei cedo e fui à busca do que me coloquei a encontrar só que no caminho fui tomado por uma curiosidade que me levou a entrar em uma Igreja evangélica ou Católica, não sei por que nunca havia entrado em igreja alguma, sei que frente havia um cara com uma roupa estranha tipo de um roupão como uma cruz bordada, logo descobri que se tratava de uma Igreja católica e o cara era um Padre, então pedi a Deus que me mostra-se como ser um bom pai e logo após que eu disse isso em meditação o padre dando um sermão disse que TUDO TEM SEU TEMPO E QUE DEUS SABE DE TODAS AS COISAS E QUE ELE CUIDA E ENSINA NO SEU TEMPO CERTO.

Foi quando percebi o grande segredo e logo sai da igreja a fim de contar para mulher da minha vida, futura mãe de meu filho e descendo a escada da igreja vi um João de barro dando de comer para seu filhote, e do outro lado da rua uma cachorra amamentando cachorrinhos e tudo se fez claro em minha mente,

Deus faz tudo no seu tempo certo, e ser um grande pai é ser o que Deus é, amoroso, bondoso, cuidadoso, pois o resto vem com o tempo experiência se tem quando se vive, agora entendi o que a senhora quis-me dizer quando disse que a vida era simples, compreendi que sempre estaria aprendendo.

*Louvado seja aquele que consegue enxergar na Mãe solteira o papel do pai herói.

2.4 Diário de uma boneca de porcelana

Sabe quando as lagrimas escorrem o corpo, na verdade ela esta tentando dizer que a alma esta a fim de gritar.

O Cascão foi meu um amigo que tive. E ele sim, entendia bem dos meus sonhos de menina, suas orelhas grandes estavam sempre prontas para escutar minhas fantasias e por muito às vezes seu corpo fofinho entre laçado pelos meus pequenos braços aquecia meu espírito.

Toda menina cresce e com ela cresce o sonho de ser feliz, ter família constituir um lar e no meu caso não poderia ser diferente, minha mente tinha como uma gravadora o filme perfeito de minha vida, véu grinalda, altar aliança, meu pai me conduzindo pelo lado esquerdo, mês amigos de infância sendo registrados pelos meus olhos em lagrimas, uns assoviando outros aplaudindo, assim sonhei, mas esqueci de que a vida é feita de escolhas e cada qual tem consequências, o hoje sempre vai ter influencia no amanha, e o amanha sempre será o resultado do que eu me propor a fazer agora.

Os pingos nos telhados lembram as lagrimas de um homem que era meu herói, sempre tive que heróis não choram, mas descobri que isso era mentira heróis tem pontos fracos e no caso do meu pai eu era sua criptônita. Nunca foi minha intenção magoar alguém, não nasci pra ser ladra de paz de espírito, mas minhas atitudes levaram a furtar os sorrisos da minha família. A carência foi algemas que por muito tempo aprisionaram meu verdadeiro eu e por ela entreguei meus maiores tesouros nas mãos de pessoas que só quiseram o que eu tinha de material e por elas fali todo meu espiritual.

A droga te trás o alivio das dores pelas quais o ser não tem coragem de enfrentar mais essa cobra um preço caro pela escolha, não sabia que mais tarde todo cigarro de maconha toda carreira de cocaína, toda inalação de lança-perfume e todo cigarro de Crack com tabaco iria pedir fora meu dinheiro já pago pelo êxtase minha vida, iria cobrar minha ausência de mãe de filha e foi isso que aconteceu.

A boneca de porcelana se tornou em uma boneca de retalhos suja de barro e a casinha agora não era tão colorida como antes esta era feita de blocos a vista, chão de cimento decorado com um sofá velho e rasgado, o tapete era de pontas queimadas de palitos de fósforo, meus amigos de infância se tornaram bonecos sujos com suas faces tortas pelo efeito da droga e hoje vejo o quanto esta cega por carência, por falta de ter o que não tinha o ódio por mim estava estampada em minhas atitudes, mas todo começo tem que começar de um fim.

Foi com doses de Dorflex, e uma cartela de Fluoxetina que tentei tirar o que por mim não tinha direito, uma vez que não fui eu que a fiz, minha vida. Acreditava que a fuga para a dor que estava enraizada em minha alma só poderia ser conseguida através de meu suicídio, mas novamente um Poder Superior acreditou em mim, e novamente me deu a chance de trilhar os caminhos de volta para minha casa colorida, com vida com harmonia com amor, então ele me levou para sua casa no alto da montanha e lá tive a chance de me encontrar de me namorar, foi com dor que o banho me foi dado e pouco a pouco os farrapos foram ganhando brilho, aprendi que o amor só vou poder dar quando aprender a me amar, hoje estou me preparando para ser mãe, ser filha, ser humana em recuperação, e foi quando me namorei pela primeira vez, que pude ver meus olhos brilhando novamente e percebi que DEUS me deu a chance de ser feliz e serei, e se hoje escrevo no caderno de brochura os riscos que arisco nos trilhos de dores que percorro, porque sei que são nestes momentos que eis de crescer, conquistei amigos que me amam que querem ver a boneca de porcelana sendo feliz de cara limpa.

Num domingo qualquer para os homens comuns que as lagrimas escorreram, quando novamente pude dar um abraço no meu herói preferido roubar-lhe as lagrimas novamente, mas desta vez eram lagrimas de felicidade, pois ele sabe que sua boneca esta no lugar onde DEUS preparou para ela aprender a ser feliz novamente e assim é meu caminho, o caminho da boneca de porcelana de volta para casa.

O filho mais velho estava no campo. Ao voltar, já perto de casa, ouviu música e barulho de dança. Então chamou um dos criados e perguntou o que estava acontecendo. Ele respondeu: É teu irmão que voltou. Teu pai matou o novilho gordo, porque recuperou seu filho são e salvo. (Lc 15, 25-27).

3.4 Sujeito crime

As chuvas sempre me inspiram a contar historias, e é nestes dias cinzentos e de euforia das nuvens que meus pensamentos ficam mais aflorados. Hoje vou tentar contar a minha historia.

Não sei bem quando fumei meu primeiro baseado, mas não esqueço a sensação de alegria e muitas risadas. Hoje me lembrando de tudo isso, acredito ser tudo bem patético, por mais que existisse convertido à ideologia da maconha, percebo agora como existem cegos guiados por ideologias cegas neste mundo, mas o detalhe é que agora eu me sentia um idealizador a favor da erva minha deusa havia se tornado a Canabis e tudo era novo e claro ela me trouxe grandes respostas para pequenas perguntas e ate ai não me sentia mal, na verdade me achava útil quando abria a boca e falava para meus amigos sobre grandes viagens obtidas com ela.

Eu era como todo adolescente da minha idade naquela época um pouco de Legião Urbana, fogueiras, bebidas e muita maconha e isso me fazia me sentir igual às pessoas que me rodeavam, por isso achava tão estranho os Caxias da época com seus cadernos e livros sempre em baixo do braço, sem formas estéticas, com óculos de fundo de garrafa se desviavam da nossa turma quando se encontrava conosco nas calçadas, ou estavam andando rápido quando percebiam que atrás deles vinha eu, me dava ódio este estilo estereotipado, bastava uma camisa xadrez os óculos para a família acreditar que seu filho seria um Albert Einstein. Os pretos que moravam no meu bairro eram patéticos com seus alizantes de cabelo, não falavam sobre a raça e na grande maioria sentiam vergonha de ser o que eles eram "NEGROS", então meu melhor amigo era um branco chamado Richard, ele sim era um branco diferente, costumava-lhe chamar de branquinho do gueto, pois acredite aquele cara era preto por dentro e talvez isso nossa amizade desses tão certo, ele gostava de rap, usava calças largas e claro fumava maconha, nossa amizade se concretizou quando resolvemos montar um conjunto de Hip Hop, nesta época lembro-me bem o São Gonçalo era uma periferia perfeita para este estilo de musica, a bandidagem estava no auge, sempre havia um cadáver, e a policia contribuía nas inspirações das letras rebeldes.

Recordo que eu acordava cedo para comprar pão e já percebia carro do instituto medico legal a transitar pelo morro sem asfalto, me recordo que em apenas uma semana foram assassinados três amigos meus, e os estilos das mortes sempre tinham requintes macabros, olhos furados, língua cortada, os tiros eram sempre dados na cabeça para a certeza do óbito, pelo os estilos das mortes tudo dizia que eles eram informantes da policia, e no São Gonçalo tal ato é sentença de morte.

Acho que nesta época eu tinha meus dezesseis anos, estava cada vez mais escrevendo rap de qualidade e ficando conhecido no morro, uns respeitavam, outros odiavam.

 Nunca liguei para as opiniões o que importava era que eu havia me descoberto em algo e todos me falavam que eu levava jeito, que tinha talento para coisa isso me trazia autoestima, foi nesta época que resolvi dar mais emoções para minhas viagens particulares e comecei a cheirar cocaína.

 As meninas adoram um preto bem vestido que cheira cocaína e tem um jeito descolado de ser, e isso me trouxe a conhecer o que em minha opinião naquele tempo era a segunda maior sensação de prazer do mundo o sexo, pois nada era tão bom quanto à droga, e ainda hoje me questiono sobre essas duas sensações, não sei qual das duas da maior prazer no mundo moderno.

A questão era que agora eu não era mais um virgem e estava deixando muitas menininhas deixarem de ser também, me lembro da minha primeira trepada, não vou citar o nome da vitima, porque esta pode hoje esta casada e acredito que ela não gostaria de ter seu nome citado por mim, mais o lugar foi bem estranho em um galpão de equipamento de som, é desculpe esqueci-me de falar, eu trabalhava não era atoa, mas percebo hoje que só trabalhava porque meu trabalho era legal montava som em casas noturnas e isso me financiava varias festinhas.

Não sei se a lucidez é a realidade da vida, ou será que a alucinação são as portas das opções de você ser o que você realmente é não encontrei essa resposta ainda, mas acredito que esta se aloja no deposito dos mistérios, o que sei é que eu e o Richard estávamos cada vez mais empolgados com a ideia de ser artista.

Que irônico em um País aonde os grandes artistas vem de berços pobres e isso é estampado em nossos canais de comunicação, fica fácil ter sonhos malucos e nossa! Como tive sonhos malucos com o branquinho do gueto.

Quando somos jovens os sonhos são nossas únicas certezas eu vivia intensamente minhas certezas, tinha uma visão centrada no que queria e lutava por aquilo, eram um anarquista sonhador, com ideologias antigas, ideologias que a sociedade moderna já havia classificado como utopia, acreditava na paz, no amor, em Cristo, na igualdade racial, era realmente um jovem patético drogado com discursos saturados. Mas este era meu universo e por mais que outros não acreditassem e não levasse fé, eu acreditava naquilo que dizia, depois de algum tempo fui perceber que meus discursos eram mortos, porque eu espiritualmente falando já estava morto.

Os anos noventa:

Em 1994 era ano da copa do mundo, o Brasil vivia o futebol, eu vivia o rap, exalava o cheiro da periferia, pulava o muro da escola todo dia para fumar maconha, havia cerca de uns cento e cinquenta tubos de concreto para esgoto em um terreno perto de casa ali ficava eu com a turma toda fumando e vivendo nosso universo paralelo, nunca iria imaginar que depois de dez anos eu seria morto naquele mesmo local, eu tinha dezessete anos o grupo já estava com dois anos de existência e então surgiu à ideia de gravar o primeiro CD como eu e o Richard não tínhamos grana para isso tivemos a grande ideia de vender drogas, no lugar onde morávamos era fácil começar trabalhar neste ramo, pois neste mesmo ano que conheci o Machado três anos mais velho do que eu e já trabalhava no esquema um tempo, na verdade ele herdou a boca da sua família, seu pai foi patrão no morro e todo mundo ali respeitava muito ele, hoje vejo que não era bem respeito era, mas medo mesmo, mas foi esse medo que fez ser o que ele era, e sempre fui atraído por esses tipos de pessoas, pessoas corajosas que enfrentam a morte com o riso na cara, assim diz a lenda dele, que antes dele ser morto ele sorriu para seus assassinos e disse:

__ Pode atirar, nasci para isso!

Não sei se foi bem assim não, pois acho que nessa hora só dá para tremer a perna urinar na calça e deixar ser o que tem que ser.

O Machado era do tipo de menino mau, com corrente de ouro no pescoço anéis um boné oito linhas, com pino de ferro, tênis Nike e o primeiro da turma a ter uma D.T 200, conheci ele no dia do jogo da final da copa, eu estava bebendo cerveja no bar com a Gabriela, e a Camila, minha Irma, e ele se aproximou como um urubu quando rodeia a carniça, pagou umas cervejas, falou que gostava dos meus sons me disse que eu tinha futuro e pronto não precisou de muito para conquistar minha amizade, já minha Irma ele levou três meses para conseguir levar ela para cama.

Depois que o Brasil conseguiu o tetra a comemoração foi perfeita, fomos para o sobrado dele eu com a Gabriela e ele com minha Irma, tomamos cervejas e ele me convidou para estourar uma coca, nunca tinha visto tanta droga na minha vida meu olho brilhava, minha Irma quis cheirar e eu não deixei e hoje fico feliz por não ter deixado fazer isto, já a Gabriela deixei ela louca, tão doida que depois ela só viu o corpo suando em cima dela, nossa ela era virgem e eu não estava nem ai para isso, comi ela como se come um prato de arroz e feijão depois de meio dia trabalhando como servente de pedreiro, e eu nunca fui pedreiro e nem servente, mas acho que comi igual eles, a Gabriela depois de um tempo se tornou numa viciada em coca e fazia tudo por um papel, eu peguei nojo dela e varias vezes tive que dar uns chutes nela para ela sair da minha frente.

No mesmo ano comecei a ser o que chamamos de "vapor" do Machado, ele casou com minha Irma e desde casamento nasceu o Juan, meu único sobrinho que tanto amo, a cada quinze paradas que eu vendia três era minha, eu vendia de seis a nove cotas por dia, quer dizer o dinheiro entrava lindo, e pouco a pouco fui desistindo de ser um artista nacional para me tornar algo mais comunitário, o Richard virou num destes crentes que vivem dizendo que o Messias vai voltar o legal que consegui observar nele uma mudança, parou de fumar, beber, e usar drogas, arrumou uma mulher casou com ela teve dois filhos e agora ele só andava com a bíblia de baixo do braço, isso para mim era pedir era esquisito, mas não afetou em nossa amizade, ele me respeitava por ter escolhido o crime como caminho e eu respeitava por ele escolher Javé, e nossa! Ele sempre foi fabuloso, lembro-me quando nasceu seu segundo filho o Ricardinho eu quis dar todo o enxoval da criança, ele não aceitou por ser dinheiro de droga, me orgulho hoje te ter conhecido pessoas como ele é único esses tipos. No final de 1998 comprei minha primeira moto uma RDZ 350, foi muito divertido aprender andar nunca tinha andado em moto alguma e aprendi sozinho acelerando é claro, foi neste ano que meu pai morreu, uns falam que foi minha culpa, desgosto, mas de verdade você só mata alguém com umas nove milímetros na Mao, para mim ele morreu por ter cansado de ser um perdedor, bêbado surrador de mulher, e não fez tanta falta assim, eu aluguei um barraco e fui morar sozinho, minha mãe arrumou outro cara pior do que meu pai. Este mais tarde teve que morrer para ele não matar minha mãe, foi a primeira pessoa que matei com a primeira arma que tive um 38 refrigerado, com cabo de borracha, agora eu estava armado, motorizado e com dinheiro, a comunidade me respeitava me sentia o dono do morro.

Quando se é pobre um pouco de dinheiro faz você ver as coisas por outro anglo, no meu caso foi assim, percebi que se você ajunta você estoca estocando, e tendo estoque se centraliza poder, e o poder no fim foi que busquei. Conheci um argentino Rodrigues que trabalhava com contrabando de armas e o negocio parecia simples trazia na cara de pau, muamba do Paraguai, coisas do tipo AK47, R15, e diversas 9milimitros, o Machado nesta época tinha sido preso e o controle de suas três bocas de fumo tinha ficado no meu controle, logo comecei andar de Golf GTI preto, com rodas largas, e vidros filmados, estava com poder e comprei duas casas no morro e mandei o salve para ele no presídio, a boca agora era minha e se ele subir-se no morro iria ser morto, e foi o que aconteceu, mas ele não precisou subir o morro, percebi que malandro não cria cobra e foi só passar um radinho para ele notar que eu tinha crescido, para o Juran disse que seu pai tinha abandonado e que seu tio iria cuidar dele, a Camila gostou da troca um marido por uma nova casa bonita com piscina.

Rodrigues era um argentino esperto e não demorou muito para começar me passar para trás, e quando descobri que o safado me passava rodo, furei os dois olhos dele, colocaram-no num paredão, onde eu o bracinho o orelha mandamos jumbo nele, agora eu deitado aqui na rua percebo que no crime a gente perde o nome e ganha varias partes do corpo como nome, e isso é bem idiota também, o Mauricio era o Bracinho, por ter perdido o movimento de um braço em um acidente quando dava fuga da policia em um assalto, depois foi preso, e no presídio todos o chamavam assim, quando saiu, no termino de três anos talvez nem ele mais soubesse seu próprio nome.

O Orelha na verdade se chamava Julho, devido sua orelha ser num formato de guarda-chuva ele era meu amigo de infância e este pseudônimo eu mesmo dei. Cada um gerenciava uma boca minha tinha cada um deles quatro soldados e dois vapores fieis, se falhassem no pagamento, iria pagar com a vida, eu tomava conta da boca maior, a que rendia cerca de uns dez a vinte mil a cada duas semanas, então isto tinha que ser visto de perto, minhas biqueiras trabalhavam vinte e quatro horas por dia, o Rogério e o Anão eram meus vapores e eles eram bom, não aceitavam troca ou dinheiro faltando, o lance com eles era somente a vista.

Quem gosta de moeda é cobrador de ônibus, eu era traficante e só contava notas, não demorou muito párea minha fama correr a cidade, e com 23 anos eu tomava conta das minhas três bocas e começava expandir meus negócios,

Abri mais oito bocas pela cidade, achava interessante o Willian Bonner falar sobre crime organizado no Jornal Nacional, se eu tivesse conhecido este mauricinho com ar simpático iria dizer para ele que não era apenas crime organizado, se tratava de uma empresa multinacional e internacional do crime mais tarde eles iriam descobrir o quarto poder o crime, eu era presidente do meu negocio e queria o governo de narcóticos da cidade para isso teria que matar muita gente e eu estávamos prontos para a guerra queria o poder, mas minha historia não chegou a tal glamour devido varias coisas, mas sabe foi bom o que eu vivi, mas se você me perguntasse se eu pudesse voltar eu mudaria algo, irmão eu mudaria tudo.

Desfalque na boca do Orelha:

Virada do século, o mundo estava se drogando como nunca, uns buscavam a salvação nas Igrejas e outros conformados com o inferno arrebentavam no pó, meus clientes era gente da alta sociedade, políticos corruptos mandavam seus motoristas buscar só de quarenta papelotes para cima, nesta época o Crack estava começando a explodir, comecei a virar o produto, havia construído um laboratório no fundo de uma concessionária de carros que era somente um lance para eu lavar dinheiro, não saia muito de casa, não era de baladas, trabalhava muito queria ficar rico, a policia não me incomodava pagava em dia os safados e tudo ficava bem, todo mundo ganhava, nesta época minha mãe morreu, resolvi sair da periferia, então comprei um apartamento no centro em um prédio novo, gastei nesta brincadeirinha 400 mil reais, é amigo eu estava rico de tanto vender droga, dirigia um Ômega Australiano e tinha duas pistolas cromadas, não confiava em ninguém a não ser nelas, quando resolvi dar uma de mauricinho que a coisa começou a desandar fui viajar para o Chile e depois na volta passei pela Colômbia para resolver negócios com os irmãos metralhas, assim eu chamava o Romero e o Fernandes eles eram meus fornecedores do Pó coisa boa e quando cheguei descobri que o Orelha tinha fumado mais Crack do que vendia e o filho da puta não tinha dinheiro para me pagar, foi duro mais não tinha escolha, tive que mandar matar ele, e só não fiquei em maus lençóis porque tinha estoque, por mais que você é fornecedor você sempre acaba sendo também fornecido, ou seja, eu comprava da Colômbia para revender aqui, tinha dividas e coisas assim costumam quebrar um negocio.

O Crack é a droga feita pelo demônio, vicia rápido e logo traz perturbação, tanto para o traficante quanto para comunidade. A antiga comunidade que eu morava se transformou oras em uns campos de guerra, oras nem covil de ladrões, foi então que comecei a ter pesadelos. Me via sendo assassinado, por meus próprios amigos, foi numa quarta-feira eu estava tendo uma crise dentro do meu carro.

Comecei a ficar histérico, acho que tudo que eu havia feito estava começando a colher, o meu psicológico estava abalado, com todas as destruições que havia feito, foi então que dei uma freada brusca no carro eu parei em frente uma Igreja chamada "Igreja Deus Libertador", e estava no final do culto, daí em diante não me lembro de mais nada, só de uma morena de cabelos cacheados, linda, bem vestida, sorrindo e dando paz do Senhor aos seus amigos, não acreditava em amor a primeira vista, mais passei a acreditar depois daquilo, disse para mim mesmo:

___ Eu quero me casar com ela, e ela é que vai ser a mãe de meus filhos.

Sabe, aquela visão acalmou meus ânimos, minha euforia, era como se fosse um anjo posto por Deus em minha vida, foi como balsamo derramado em minha alma. Daquele dia em diante minha vida iria Mudar totalmente em relação ao amor e aos negócios.

A conquista:

Resolvi frequentar os cultos nos dias de Quarta-feira, pois sabia que para conquistar ela deveria ir aonde ela ia a fim de ser notado por ela.

 No primeiro culto que fui não me lembro de uma palavra que o pastor falou, pois fiquei olhando só para ela, meu primeiro olhar foi para as mãos dela a fim de observar se ela era casada, e se fosse já tinha colocado em minha cabeça que iria se tornar viúva, logo de começo fiquei aliviado por saber que não precisaria matar ninguém, pois ela não usava nenhuma aliança, perguntei para um "irmãozinho" qual era o nome dela e quando ele me disse soou como uma harmina aos meus ouvidos Ana beatriz.

Depois de um mês frequentando o culto eu já era o destaque da Igreja décimos altos, não demorou para o Pastor me colocar sempre La na frente puxar meu saco, ele me pergunto o que eu fazia para ganhar a vida, e eu disse que era diretor de uma grande empresa de carros importados, me transformei no melhor partido da Igreja, as irmãs se atiravam em mim, e ate mesmos as casadas, mas meu coração já tinha dona, e estava tudo dando certo, ou seja o amor me descolou dos meus negócios e logo iria pagar o preço por isso.

O amor é como a brisa da manha chega suavemente e quando percebemos logo nos traz um frio de morte, eu entregaria minha vida Ana Beatriz, e isso foi o que fiz, infelizmente coloquei varias mascaras e se pudesse voltar atrás talvez fosse ser eu mesmo. Eu já havia conquistado sua família contei as mesmas mentiras, depois de um ano ela estava grávida e iríamos nos casar, dei o nome de minha primeira filha de Yasmin, era a coisa mais linda do mundo, nossa vida iria ser perfeita, resolvi largar o crime, mas sabia que isso seria e teria que ser feito calmamente e com sabedoria, pois muita gente não iria gostar de saber disso teria que preparar o terreno.

No casamento foi bem complicado explicar que não tinha família a não ser minha Irma que por uma boa quantia de grana concordo em entra na mentira e se saiu muito bem, contando como nossos pais moravam em vários países e que havia gastado muito dinheiro e tempo para que nós pudéssemos ter uma educação boa na Europa, eu nunca conheci a Europa a não ser pelas revistas, foi divertido observar minha Irma mentindo.

Fomos morar em meu apartamento e eu já havia decorado um mês antes, ele achava bem estranho as ligações e minha ausência nas madrugadas. Conforme fui indo nos cultos, fui pegando apreso pela Palavra de Deus e der repente às palavras do pastor invadiam meu coração me roubando lagrimas, eu já não aguentava aquela vida dupla e resolvi falar a verdade, pois sabia que a Ana me amava e eu a amava então a verdade devia ser dita, consultei meu amigo de infância o Richard e ele me disse que a verdade liberta, aquilo me trouxe alivio, e chamei-a para falar toda minha historia real, nunca esqueci aquele dia, foi um dia de dor e alivio ao mesmo tempo, ela me perdoou e me disse que deveria largar aquela vida de crime disse para ela os riscos, mas disse que estava disposto a largar e pagar o preço da liberdade.

Eu tinha tantas bocas de fumo, quanto o pastor tinha fieis, prestava conta ao crime organizado tanto do meu país quanto o da Colômbia, não seria nada fácil encerrar todas as atividades.

O Fim das atividades:

Liguei para os irmãos metralhas e disse que estava na Colômbia no dia 23 de outubro de 2007, que estaria levando uma pessoa para eles conhecerem o Mauricio, o bracinho agora era gerente de cinco bocas minhas e eu confiava nele, pelo menos ate ele provar para mim que havia amolecido e que no crime não se confia em ninguém, na verdade Mauricio já havia ligado para os colombianos e eles já sabiam dos meus planos e eles já tinham os planos deles, a verdade é que não cheguei a ir para Colômbia , quando conversei com o Mauricio ate pude perceber um olhar maldoso, mas a verdade que a mensagem de Cristo tinha invadido meu coração que agora ignorava um ser humano ruim, não acreditava mais nesta mentira que me contei a vida toda.

No dia seguinte acordei cedo, fiz minha oração diurna, parecia que já sabia o fim daquela historia, fui fazer compra com Ana Beatriz e a pequena Yasmin e depois fomos almoçar no Riguoli um restaurante italiano, era meu predileto, fomos a uma sorveteria e a Yasmin pediu Sundae era seu sorvete predileto também, foi lindo a manha os olhos das duas mulheres que eu amava brilhavam como o sol.

À noite o Mauricio me ligou disse que precisava falar comigo, já imaginei o que seria dei um beijo na Yasmin que dormia, falei com a Ana sobre uma conta que tinha na suíça com uns seis milhões de dólares, disse se algo saísse errado para ela recomeçar sua vida nos abraçamos, ela não queria que eu fosse, mas era preciso terminar aquilo tudo, ela chorou e eu agora chorava tinha sentimentos bons beijamo-nos ela disse que me amava me lembrei de um versículo que o pastor sempre fixa nos meus olhos me dizia "que com ferro fere, com ferro serás ferido".

Eu estava indo armado mais parei perto de um rio estava chovendo joguei minhas duas pistolas cromadas fora, o local do encontro era num rua escura do São Gonçalo, estava chovendo muito parei o carro e observava a chuva lembrei que ali naquela rua na verdade antes fora um terreno onde ficavam os tubos de concreto, onde eu costumava fumar maconha quando jovem.

Não vi mais nada só me lembro de uma sombra se aproximando de mim pela lateral do carro fechei meus olhos e sai do carro ali mesmo fui alvejado varias vezes e cai no meio daquela rua à chuva caia no meu peito e assim foi ali onde tudo começou minhas viagens agora eu estava fazendo a ultima delas, morri.

Mais sabe agora meu sangue indo embora pelo asfalto gelado vejo e percebo como minha vida no crime me encheu de vazio e só com um grande amor pude perceber o tempo que perdi nesta vida, mas parceiro quando se nasci com sonhos de serem ricos em uma periferia os caminhos fáceis que o mundo ilusório ti mostra são estes.

Minha historia, minha tragédia grega é resumida na simples fato, o resto é sobra da sociedade utópica, hipócrita e sofista, então me restou só o asfalto onde corri para pegar pipas, onde me escondi nos baseados da vida, onde ficou o fio do meu ultimo suspiro.

** Emergimos do interno Tânatos para a singela energia do Eros. Essa é a proposta do conto, fazer o leitor interagir com o momento, com a vida, com a fotografia e a qualidade vivencial que ela impera, assim, e só assim, podemos nos ver na magia do texto e senti-lo.*

4.4 O manicômio ilusório de Willian

As vozes infinitas na mente esforçam a me enganar, por mais que lute constantemente com elas, existem gritos que ousam ultrapassar as escuridões inabitáveis e vem de encontro com as luzes que ainda reluto em ter fui ao pé de um Oiti degustar dos manjares que a natureza teimava em me dar, mas logo percebi que comia dos sabores que minha insana mente produzia , observei então que todo meu redor era branca, paredes, lençóis, jalecos de somente frente, eu corria de um lado para o outro, cuspia falava mal os monstros invisíveis, ninguém via porque ninguém queria ouvir o que eu escutava.

Pegava o ar que era caulim moldava os monstros, mas os de cor branca não entendiam que eu fazia meus inimigos na argila para eles não fugirem, então me sedavam com cauim e agulhadas, diziam que era panaceia, sofrendo eu de panarício creio agora que os loucos cuidam dos sábios que vivem de bunda de fora.

Pois que é louco, o que reage conforme o universo que vivi, ou o que não tem sensibilidade profunda para captar tal universo e censura os que podem.

Já meu mundo é tão real quanto meus risos aleatórios suas exprobração são por não compreender que as loucuras apontadas são de seu próprio interior, cegos pelos seus egos e vivem camuflados de mascaras, mascaras que em meu mundo não existe, às vezes me apresentam como doutores que não trazem cura, outras se apresentam como normais, mesmo sabendo que a mim foi dado o poder de conhecer os sombrios espíritos que habitam nos corpos manchados de injuria.

Os personas arrogantes que disfarçam de seres não problemáticas e normais me cedam, para o poeta, o profeta, o sábio não se aflorar e com um turbante ir à frente dos povos e berrar a revolução dos magníficos, então que assim seja não entre em meu mundo se seu estagio pobre de alma não poder ver minhas verdades.

Gostava de rap e fazia barulhos estranhos com a boca, interagia com o grupo de forma peculiar, era necessário ter sensibilidade para entender que aquele homem era apenas um menino.

Capitulo V.

Seremos sempre sedentos pela busca.

Procuramos incansavelmente sentido em tudo o que buscamos. Essa é a dinâmica do ser humano. Por mais que muitas vezes o mesmo acredite estar vivenciando uma resposta, depois de algum tempo, frustrantemente se descobre que não vivenciava tal realidade, e novamente se vê em busca de sentido.

O que outrora foi verdade, numa bela manhã humana o homem por si só se descobre na ausência de significados que faça sua vida ressoar veemência. Iludido pelos aludis de sua crença se nota sem referencias, em tudo se vê frágil.

Então percebe que o deserto que relata a Escritura Sagrada (Gn. 1-5) é perpetuo, e que sua busca por compreensão é infinita.

Dentro de sua finitude se desmonta agora uma criança assustada, aos poucos como um filme em retrocesso se olha voltando para o útero, pois não encontra melhor referência de segurança. Assim, por muitas vezes o homem vai se compreender na maturidade, retornando para o genitor.

Descobrimos que sonhos de criança não alcançados contêm tantos valores, quanto os sonhos de adulto já alcançados. Muitos seres irão partilhar de frustrações eternas, mesmo que por muitas das vezes uma pessoa se encontre "realizada materialmente", ou seja, por mais que a pessoa tenha alcançado objetivos de estar bem, tais como: estar empregado, ou com sua própria empresa dando-lhe lucros, provavelmente as frustrações da infância refletirão nas outras áreas de sua vida.

 Dificilmente você encontrará um ser humano completo, digo-lhe, porém, completo no sentido de estar realizado.

Essa ideia de completude emerge de um sistema que prega o modelo padrão de vida bem sucedida, quando, na verdade, este modelo não existe, é algo subjetivo. A ânsia de completude leva o homem a um desfiguramento de sua essência, a um fracasso quase que mortal. Se colocarmos num sentido espiritual, se mata por si só todos os instintos do homem em nome de uma realização ilusória.

Aleatoriamente percebemos, cada vez mais, empresas que investem no mercado de valorização do ser, mas ao mesmo tempo, se percebe que muitos dos caminhos tomados por essas empresas são caminhos tão errôneos quanto às verdades sobre o padrão de vida ideal.

Por um lado, se valoriza a vaidade estética, colocando no mercado o ser humano como se fosse um objeto, despersonalizando todas as características sapienciais da carne que anda, fala, e raciocina. Por outro lado, este ser por se tornar objeto de si mesmo, se comporta de forma padrão, tornando o exterior objeto de si, assim encontramos a natureza sendo explorada como se fosse uma meretriz rodeada por homens sedentos por sexo, em que, a cada momento, alguém se aproveita do que ela tem a oferecer. Vivemos um tempo em que todos, e digo todos, pensando em um sistema "Gaia", usamos e exploramos a natureza de forma abusiva e opressora, como se aquela parte de nós não tivesse o direito de proclamar sua autonomia.

O planeta pede urgência de socorro e quando falo em planeta quero conotar toda espécie de vida, incluindo a vida humana, afirmo com isso a vida humana, pois temos a tendência de desconectar desta universalidade, e é neste ponto que estamos morrendo. Nós nos desconectamos a tal ponto, que não mais nos sentidos partes deste universo, a racionalidade é a maldição que vem matando nossa essência há milhares de anos. Aflora de dentro de alguns seres sensíveis a isso, um clamor unigênito de socorro, não quero com isso ser confundido com ambientalista, pois esta não é a intenção, quero sim afirmar a humanidade universal que vem presenciando estes fatos.

Aprendemos que para conquistarmos a paz utópica era necessário fazer a guerra, e agora vamos armados pedir paz. Aprendemos a erradicar a fome, gerando a fome de outras nações, quando um país se torna potência mundial é porque três países se tornam mazelas mundiais. Às vezes me pergunto: em um planeta de tantos recursos como pode ainda existir a fome? Em um planeta de tantas terras, como pode haver pessoas sem teto com o mínimo para sobreviver? Esses problemas não são fáceis de serem solucionados, mas o que se pode afirmar é que ainda existem pessoas que não querem que este sistema acabe. A vantagem de alguns é a desgraça de outros.

Assim, as drogas é um mercado vantajoso, de muito interesse por parte daqueles que estão no poder. Somos hoje representados por pessoas que, entre elas, existem pessoas sem moral ou ética, e infelizmente somos responsáveis pelas nossas escolhas, por isso, se faz necessário uma reformulação na educação, pois somente com ela a população maior poderá ter discernimento no momento do voto.

Parte desta desgraça está contida na individualidade, mas o mesmo que financia a guerra e a miséria, é o mesmo que nos últimos segundos será frágil, pois, a mesma fragilidade que atinge no menino ferido por bala perdida, ou a fragilidade que assola a criança da África ou do fundão do nordeste do Brasil, é a mesma que visita o milionário que tenta usar todos os recursos para prolongar a vida.

No fim, partilhamos das limitações comuns, porque a inteligência de Deus é tão subliminar que os olhos obscurecidos pelo consumo não consegue notar, voltamos para essência, mesmo não sabendo o que seria esta essência.

A busca de uma espiritualidade concreta sem dogmas preconceituosos, ou doutrinas moralistas em sua raiz e vazia em sua plenitude, traz ao homem atual uma paz desejável. Vemos que, os poucos que conseguem aderir, tanto ao catolicismo quanto ao protestantismo, se deixando guiar pela mensagem pura dos mesmos, são bem mais realizados interiormente que os puritanos, o mesmo acontece em outras denominações religiosas, parece que quando se prende a verdade mais primata faz todo sentido àquilo que se escolheu para seguir.

Prendendo tempo e energia em um ato puro, temos a concretização dos átomos celestiais, em tudo somos participantes quando deixamos a energização aflorar em nossos órgãos vitais. Sabiamente terapeutas e estimuladores de meditação estão usando tais técnicas para ter como objetivo o desprendimento da matéria junto ao corpo em busca de uma transcendentalidade, o dualismo, por muitas vezes, morre diante do todo.

1.5 Meditação de uma panda

Meditar as harmonias dos ventos, sobre as cores opacas a fim de fazer que elas tenham vidas. Os abismos internos são tão profundos quanto meus pensamentos gritantes, já a paz interior é o encontro da alma com as correntes energéticas que são transformadas pelos espíritos.

Acendido os incensos via-me fechado os olhos a fim de fazer uma nova viagem interior, a cada estagio adentrava no mais profundo mistério não terreno, mesmo sendo terrestre, ia-me caindo num poço escuro, meus olhos fechados exteriormente, enquanto o interiormente apreciava a mais longa jornada que já fiz, pois bem, dizem os monges sábios que.

UM PULO NA ESCURIDAO É UM PASSO PARA O CONHECIMENTO, E QUE QUANDO SE SABE PEGAR OS FLUXOS DESTA VIAGEM AO CHEGAR AO DERRADEIRO O NOVO SE APRESENTA.

O certo era que não sabia o que era e não sei onde estou e o que mais choca, que tão pouco tinha discernimento para onde o fim daria. Poço profundo escuro que me traz grandes sensações o lapso do descontentamento me produzia tormentos dormentes e pouco a pouco ao fim do poço escuro cheguei a um jardim de tulipas dava para sentir seu perfume seu sabor eram apresentáveis como as sinfonias de Chopin ao fundo um clássico ao lado esquerdo do jardim um templo, grande feito de marfim, mais não estes extraídos dos meus iguais, não furtados, tão pouco eram marfim mortos estes não havia mancha de sangue, à frente fontes de águas cristalinas, e der repente uma luz me pegou!

Era forte, brilhava com a força do sol, meu estagio era zen, então remoí pensamentos tão dolorosos e cruéis, lembrei-me das celas, das correntes dos homens rústicos que habitavam numa terra espantosa e opaca feita de concreto onde os sonhos são sem cores, e num estalo estava eu andando por corredores vazios era mórbido o local e havia ratazanas acinzentadas não conseguia ver quem me arrastava, tudo era rápido e num instante estava de frente a uma cova agora corria lagrimas de minha face branca com tons pretos.

Percebi que quando alguém se vai sem termos chance de dizer tudo que sentíamos por ela, no fim esse ser em outro plano cósmico vai saber que toda nossa passagem só teve significado por que ela existiu em nossa vida.

Agora eu andava de mãos dadas com uma pessoa que em minha adolescência foi meu herói, o ser que pelos brilhos de seus olhos conheceram o amor, meu pai.

Ele foi o sol que iluminou meu caminho minha trajetória por muito tempo, e mesmo ele tendo partido para um universo diferente ainda seu brilho faz que meus caminhos sejam repletos de luz e acredite nesta meditação pude ver esta aura me rodear.

Os espaços agora estavam todo verde, era um campo de raras orquídeas, e no fim desta viagem fui voltando lentamente à meditação estava acabada e eu me encontrava em cima de minha arvore olhando para o horizonte verde da mata selvagem.

Em memoria... No ano de 2010 recebi uma ligação, um jovem, somente um jovem, que não suportou a volta do uso acabava de cometer suicídio.

2.5 O Conto da vida

No calabouço solitário de minhas interrogações internas e complexas, senti algo que vinha do PODER SUPREMO, energia essa que exalava de suas narinas. Escutei sua suave voz através do outro, da natureza e logo percebi que me encontrava em um lugar calmo, e tranquilo, com um longo campo gramado e no seu centro havia um pé de oliveira gigante que dava uma sombra circular e gostosa, fui ate ela e notei que havia muitas fitas penduradas em seus galhos, e nestas fitas havia disseres, toda aquela cena me pareceu algo místico como se pessoas haviam pendurados fitas com pedidos num caminho deixando no nada, afins que o universo conspire para tais pedidos serem realizados. Minha curiosidade logo se aflorou tomando posse do meu ser me levando a ler uma fita dessas, a primeira que li estranhei que tal pedido fosse algo semelhante a alguma memória minha e subitamente num ato de espanto olhei para o lado esquerdo do pé de oliveira e de repente percebi que ali agora tinha um rio que corria com grande energia e ao fim deste dava para se perceber que havia uma grande queda de cachoeira. E novamente outra fita de cor azul me atraiu a ponto de não me conter, essa trazia uma frase assim. "dores pelo uso de droga", quando li esta frase enorme foi à dor que veio em meu peito pelo caos da lembrança, e num momento sem pensar puxei esta fita da arvore e lancei-a no rio que logo a levou, e logo meus olhos não poderiam mais alcançá-la. Neste momento fui tomado por um sentimento de dor que nem que soubesse todas as palavras neste testemunho não poderia relatar tamanho sentimento, e comecei um genocídio de memórias, que mais adiante intitulei de "genocídio do passado", comecei a ler todas as fitas e tudo que era um pedido que me lembrava de algo de ruim eu lançava no rio e quando sobraram somente as coisas boas percebi que a oliveira estava com poucas fitas, e que estava caindo suas folhas progressivamente, e que o gramado verdejante agora se retorcia em cinza negro, foi quando meu PODER SUPREMO me revelou o enigma daquela visão me dizendo. Vê tu o que fizeste. Quando você tirou as coisas ruins que aconteceram você foi eliminando também o aprendizado de cada evento ocorrido, a oliveira representava você, o campo a vida e seu crescimento, e o rio o abismo onde você joga o que de ruim aconteceu em sua vida, percebe meu filho que as coisas ruins são essenciais para o crescimento tanto de você quanto o da vida. Então cai de joelhos e logo estava no um quarto em casa e pude agradecer a DEUS por ter me abençoado com tamanho aprendizado que agora podia colocar em pratica não me esquecendo dos meus erros mais aprendendo com eles.

Moral da historia...

As coisas ruins que acontecem na vida para os fracos são castigos, para os arrogantes obstáculos e para os humildes uma chance que DEUS nos da de aprender com nossas imperfeições.

Se você me perguntar: é possível a recuperação da dependência química? Eu lhe perguntarei: você acredita em Deus?

3.5 A guerra de bob

Com escudo de bronze e uma espada de prata, fui guerrear com os espetros que viam do hades, todos vestiam- se de preto, tinham cabelos acinzentado traziam ao seu lado animais que representavam seus instintos, Afla trazia um corvo com os olhos em brasas vivas, Gura andava com um leão de pele escura, e o mais perverso de todos Iran tinha um lobo amarrotando com seus pelos que caiam até o chão.

Parei de frente eles e comecei a guerrear Afla foi o primeiro a cair se transformou em cinzas como seu animal bem diante meus olhos e quando Gura tentou me pegar distraído pelas costas, decepei sua cabeça num só lance, e então que da terra surgiu Iran este eu já havia escutado falar, há um tempo quando houve um boato no meio celeste que ele havia eliminado Miguel o anjo mais poderoso entre os anjos, só que eu não tinha medo de encarar ele nos olhos e ficamos alguns momentos nos encarando, pois até agora ele só havia batalhado com anjos, e eu não era anjo era um semideus, era humano e batalha maior havia enfrentado, enfrentei sozinha a dor do coração abandonado, já havia enfrentado o demônio do desemprego, e a besta da corrupção as trevas dos impostos e o flagelo da fome sobreviveram à pior de todas as guerras a guerra do interior, já Iran era oponente para não se temer, confesso que a batalha foi dura, e no termino de 20 dias ele já estava no chão e sai daquela batalha vencedora.

Essa foi à guerra de Bob, uma guerra interior, os monstros eram suas dificuldades internas, que com sua imaginação se tornaram seres viventes, Afla era sua timidez, Gura era sua baixa autoestima, e Iran era seu complexo de inferioridade, depois desta batalha Bob, se tornou em um homem semideus, pois agora estava pronta para a última guerra, guerra da vida.

---

*O renascimento do homem só acontece quando ele tem coragem de morrer por dentro.

4.5 Mosca falante

Ó mundo caos

Desprezado pelas cores, ofuscado de surpresa.

Fazendo ver as mazelas da inocência

Desfiguradas pelo caos.

Usurpado pelo mal

Já nos murais do perdão, não habita o entendimento.

Os anjos do sol partiram em descontentamento

E nas sombras do urbano ruge a felina soberba

Ó mundo caos.

 Que fazes com teus filhos?

Mortos entre esquinas e bares

Soterrados pela disciplina

Clamando teu perdão, errôneo em exatidão.

Fugitivo do momento, prisma da escuridão.

Agora sem socorro vive entre os cavernosos

Sem veracidade, cultiva em teu seio a pura maldade.

Mas olhe- te para dentro e veja se entre os marginais não há luz

Luz que há muito tempo apagada

Ferida provocada por você

Ó mundo caos.

Porque abandoaram seus filhos, na hora que eles mais precisavam? Nunca em sequer instante sua presença foste tão importante, acabou-se as orquídeas, os campos os bosques de margarida, dando espaço aos monstruosos prédios as vadias sacadas, as relaxadas avenidas soberbas faculdades, nosso solo não mais é fértil mesmo regado à chuva acida.

Ó mundo caos...

Porque não reagiste quando foi atacado? Mesmo tu sendo tão meigo e nobre queria ti ver dar erupções a cada fabrica construída, tempestades a cada arvore derrubada, furacões a cada teste de bomba nuclear em sua fonte, mas não sofreu calado e agora morre, morre sem ser mártir, pois se acovardou e não lutou pela sua causa, a causa da vida, e eu pequena mosca que habito entre humanos peço que lute pelos seus filhos, mesmo eu sendo teu filho o menor dos menores desprezado tanto pelos os nossos predadores comuns (homens) quanto pelos meus irmãos (reino animal) servindo apenas para os asquerosos sapos, venho lhe pedi por todos.

Que a batalha comece muitos de nós morremos já nesta busca pela vida lembre-te bem o quanto as pandas lutaram e mesmo assim acabaram extintos, os leões marinhos, os ursos polares, o tamanduá bandeira, os micos leões dourados, hoje somente lembrança então mundo caos, lute para novamente ser cosmos, saia de tua depressão acorde do comodismo alargado em tuas crateras emocionais revivas a arte do cultivo e não deixe que a produção acabe com nossos sonhos.

Sonhos.

Lembro-me bem que sentimento é este, lembra-te quando você era sem forma e vazia, então o ETERNO num sopro de teu ventre, tuas entranhas nos fizeram e também os homens, num casamento por igual o trato era para habitarmos em igualdade, mas ele num gesto mais afetuoso dotou os homens de inteligência, pois estes eram segundo sua imagem, e nós sem nos dar conta fomo-nos tornando escravos deles, então o que era sonho se tornou em pesadelo, roubaram nossas casas, mataram nossas famílias extinguiram nossos amigo, então rompemos com o "Criador" e só temos você como guardião.

Então clamamos! Mundo lute contra os homens mal s, que estão matando nosso mundo e criando o mundo deles e preserve realmente a vida!

Vivemos momentos difíceis, onde produzimos nosso próprio inseticida.

Capitulo VI.

Podemos mudar à realidade, somos um só corpo.

Uma vez certo de que somos altamente ligados tanto ao universo, quanto suas formas de vida, ou seja, aos nossos próximos, podemos agora falar da consubstancialização universal que estimula a vida. Quando Darwin em seus experimentos notou a dependência de cada espécie a outra, fez com que o mundo enxergasse a vida de forma diferenciada, Darwin não estava completamente certo, pois hoje a teologia admite a teoria da evolução, só que vai declarar que está evolução não se dá do nada, pois admiti o único capaz de criar do nada, é somente Deus.

Não quero ser confundido com antropomorfista, pois a intenção aqui não é negar a atividade de DEUS, mas assimila-la a um projeto universal, o mundo em si esta amarrada à criação e altamente ligado à forma coletiva.

Se notar que quando uma espécie morre ela acaba alimentando outra e as fezes da outra serve de adubo que alimenta a terra que nutri as hortaliças que por si só alimenta os pássaros que carregam as sementes em seus bicos, deixando cair algumas, em solo não fértil, começando ali uma vida nativa.

Temos dentro de nós resquícios de toda forma natural de vida se entendemos que somos soma de todas as formas, e ai esta a consubstancialidade das espécies. Partindo deste pressuposto, podemos Olhar para os contos como uma consubstancialização da vida, se formos capazes de admitir que a escolha do vizinho influencie indiretamente nossa vida, que se por algum momento formos tomados de caridade e no intuito de auxiliar, instruir o outro ser, podemos construir um caminho melhor no qual todos hão de passar.

 Como viram muitas historias acabam com finais felizes, mas acontece que na historia da droga, não existe muitos finais felizes em sua grande maioria teremos que deparar com as tragédias, se pergunte quantas pessoas você conhece, na qual seus filhos estudaram com elas, ou você mesmo teve a oportunidade de cursar algum curso ou somente jogado uma bola que hoje habitam nas ruas? Quantos vocês soube que suicidaram? E quantos tiveram suas vidas finalizadas?

Enfim, este é um problema social, e todos têm a responsabilidade de ter caridade perante o fato. Estes contos são na verdade uma tentativa de mover o ser, impulsionar para a causa, religiosos, padres, pastores, deveriam dar as mãos em nome de um bem maior, pois existem muitos fieis Católicos e Protestantes morrendo nas ruas.

Socialistas, psicólogos, terapeutas, governantes, devem aderir à causa como se fosse um filho que morre na calçada.

Incrível que quando o problema chega na própria casa a visão muda, o vagabundo, o Nóia, o sem vergonha deixa de ser, quando vemos que nossos filhos estão passando pelo mesmo problema, isso prova como somos ligados um no outro, depois que uma família enfrenta este problema ela se torna misericordiosa com o próximo, infelizmente muitos só aprendem passando pelo problema.

1.6 Roque.

O asfalto está quente, domingo de sol o mundo continua girando, e eu vou caminhando conforme minhas pernas deixam, hoje descobri que a fonte do meu prazer é caminhar pela selva de concreto, considero-me um predador nesta fauna conturbada pelo caos humano e o ódio espiritual que jorra num fluxo tão desacertado quanto meus pés inchados de tanto caminhar.

Mas a cada nova floresta de prédios e animais motorizados que passo, descubro um novo universo. Dentro de mim coisas acontecem. Feroz é o momento que algo maior do que eu, proporciona, é raios azuis em tons lilás me fornecendo um paralelo planeta interno, disse a pouco que me considero predador, mas quando os outros como eu me olham, a sensação que me vem é de que não sou produtivo, pois teus olhos me julgam, e não preciso me perguntar por que eles me olham assim, porque na verdade eles é que não sabem que produzo sem parar interiormente.

Há verdade é que não optei em dominar os animais de rodas ou domésticos, não quis viver em grandes cavernas preferi como teto, os céus.

Todos os dias e isso constantemente seguem o ritmo que as fontes me apresentam, não paro em lugar nenhum, sou do mundo e este me pertence, não preciso me estacionar para adquirir, nem estocar para ter.

Apenas adquirindo coisas novas, e não me farto de coisas novas, então em noites frias me aqueço com folhas de papelão, e muitas vezes a decoração de estrelas me dizem que o amanha será melhor que o hoje, e que o ontem já ficou para trás e o futuro é um mistério tão valioso quanto um baú de joias. Chamam-me de Roque.

Faz três meses que estou nesta jornada e um dia já não é igual a o outro, todas as fases que tive na adolescência não se comparam com as experiências que venho obtendo, mas nem tudo são risos, às vezes choro por que na verdade sou uma ilha, e um velho um dia me disse:

NENHUM HOMEM TEM O DIREITO DE SER UMA ILHA

Talvez, ou não talvez, busquei essa qualidade de vida e muitos podem se questionar que qualidade seria essa, no entanto nasci vagante e aprendi olhar a vida com os olhos da alma, aprendo todo dia que reter é importante, mas dividir é dádiva.

Ter é bom, mas compartilhar ainda é o caminho do amor, e que só levamos daqui o amor que se planta.

Chamam-me de Roque porque foi o nome que meu pai me deu, era este também nome de meu avo, mas às vezes quando me falam do lutador do filme me empolgo e logo descubro que o lutador é fictício, então prefiro ter uma imagem de um lutador que sobe ao ringe e vence, pois não posso esquecer que com a vida não se luta apenas se vive.

Meu Pai me chama de Roque, mas nas ruas me chamam de mendigo.

---

*Infelizmente muitos irão morrer... Enquanto o dinheiro for o termômetro que medimos a moral.

2.6 O mau moderno.

Sentado na sacada do apartamento José e Maria entravam em discussão. Um mau moderno havia visitado o casal, que depois de muitos anos de luta para educar, sustentar e instruírem os filhos, assim como os netos, agora haviam de enfrentar algo que os velhos de nosso tempo enfrentam a depressão pós-aposentadoria.

José diz:

__ Mulher como posso eu, me mostrar a ti como um sol, se meu interior está em trevas?

Não consigo achar motivos se me perguntares, só que a chama que fluía dentro de mim foi se ofuscando conforme a vida foi se dando.

Que pensas? Se o brilho dos meus olhos já não traz nada, nada posso levar deste nada. Os poucos rastros que está amarga vida trilhou no meu coração me deixaram muitas fagulhas de frustrações e poucas fotos em preto e branco nas paredes que nem aos piores roubam um sorriso momentâneo

Maria retruca:

__ Se não sou a causadora de tua dor, se não trago comigo nem a doença nem a cura, como posso eu ti ajudar?

Se meu chá já não ti acalma, nem minhas piadas mudam teu semblante, ando contigo por teus abismos sem culpa.

José implica:

__ O abismo que trilho nem mesmo o defino. É apenas anagramas que não reconheço apenas vivo. Então como podes andar comigo pelo mesmo caminho que percorro, quando nem eu mesmo sei onde meus passos me levam.

Não! Estúpidas palavras me deram teus lábios neste segundo, escurecendo ainda mais minha razão, pois a culpa a qual ti martiriza pesas sobre o meu eu neste minuto.

Este riacho que secou, onde não é mais usado como habitat de vida, está sem rumo buscando o que foi perdido, o sentido que talvez nunca houvesse calado no silencio e que muitas vezes foi entorpecido pelo ópio da solidão...

Bruscamente Maria interrompe José:

__ homem tolo este que vim amar, que solidão é está que exprimis, se teus filhos e netos sempre frente a tua face estiveram, se toda sua vida obteve o que quis comes e bebes bem, e teus servos estão sempre apostos a ti auxiliar.

Como podes estar só? Se todos os que ti amam sempre estão ao teu redor, ti enriquecendo de bajules e mimos.

Que barco é este que não encontra cais, se o cais sempre à espera está para que possa atracar.

__ Pássaro selvagem!

Não foi o ninho que ti abandonou, você que nesta hora resolveu fazer voos distantes...

José conclui:

__ Que culpas eu à de ter? Perdi o controle de minhas asas, e as mesmas me levaram a conviver em uma caverna escura onde morcegos calados não me reconhecem?

O medo da claridade me retrai ao sombrio, agora minha visão se queima frente à luz e não enxerga o que ela me traz.

Maria conclui:

__ Doente estás! Não sei bem do que padece, mas se você mesmo não buscar as respostas para suas interrogações quem o fará?

Muitos males enfrentamos na nossa atualidade, somente com a pratica da essência da semente do Verbo seremos felizes.

3.6 O suicídio

Pode o mundo parar de girar e mesmo assim ainda terei que caminhar...

Sem rumo, assim é minha mente, o que o sei descubro que não sabia e quem me ensina menos conhece sobre si e eu que nada sei consigo esquadrinhar o coração do mestre.

São nos olhos nublados do céu que as coisas acontecem, e quanto mais fortes for o choro, tão profunda será minha dor, e de nada vale se o que conheço é tão morto quanto o clima dos necrotérios.

Pode o vento cessar, mesmo que cesse sei que continuarei a sentir as brisas...

 Foram essas brisas que me levaram tão longe e mesmo que cheguei a ir longe, me encontro ainda no mesmo lugar, talvez esteja ainda parado em minhas paranóias e que nóias macabras foram enfrentadas por saber que sabia mesmo sabendo que nunca seria o mesmo.

Às vezes ser eu mesmo é tão difícil quanto tocar o teto do céu...

E mesmo que as estrelas caiam o foco ainda seria a terra atingida e não as brilhantes orgulhosas. Com tudo que penso saber, tenho por mim que a terra vermelha ou preta não se farta de devorar corpos que julgam sábios, e o clima mais real é a normalidade que não existe que se tornou tão utópica quanto os discursos pobres de espírito.

No fim deixo ao mundo o que já se esperava uma carta de pura insanidade e verdades com um final suicida, pois para isso resolvi escrever deixar as ultimas coisas que sei que no final deste dia ou desta carta irei dar cabo à vida.

Mas ainda tenho que expressar os sentimentos que me levaram a este derradeiro caótico. Observo o mundo como uma piscina vazia e com seu fundo cheio de lodo verde, vejo o mundo como a nevoa entre as montanhas, que escondem seus valores. O vejo como mãe sodomita e se a pergunta for se sofro de insanidade? Talvez a resposta esteja dentro de você.

Deixo o palco que foi meu durante dezesseis anos, deixo com clarezas racionais mais não emocionais. Pude ver coisas bonitas no mundo, mas tudo que era bonito não podia vir comigo, o mar, o céu, as montanhas, os irracionais, os ventos as chuvas e o amor. Algo que nunca olhei, mas pude certa vez sentir.

Pude observar a obsessão e sentimentos de posse que os meus deduziram incondicionalmente, amor, gratuidade ficaram nos cantos escuros do meu eu. Sendo sincero deixo ao mundo o que sei, não vi ninguém dando algo sem nada querer algo em troca.

Os pastores davam o evangelho, pois queriam a salvação, e assim foi o Padre, a mulher dava ao homem por querer o prazer, a mãe dava carinho ao filho por querer ser mãe assim foi o pai, o beijo era dado por querer o beijo e assim foi o abraço, o homem plantou arvores para obter sombra derrubou arvores para construir casas, germinou arvores frutífera para degustar dos frutos fez bombas para ter a destruição quis a musica por querer ter o entretenimento ou seu divertimento para assim reter o prazer.

O adeus foi dado por querer a despedida, tudo que vi em meus dezesseis anos de vida foi à troca, foi o favor pelo valor, e eu me drogo para adquirir fuga, quero a fuga para ter esconderijo, me escondo para conquistar a falta de atenção e no fim, à fuga que busco é a morte, pois assim tenho a terra e consigo ser como todo mundo, cego, fútil normal.

Enfim, deixo aos seres tais relatos que muitos acharão insanos, pois sei o que sei, pois vivi a insanidade de viver e agora eu, como todos, troco a vida para ter a morte, a fuga para paz e assim conquistar o que sempre quis a falta de atenção.

Não desista nunca do ser humano, pois desistindo do ser humano você está desistindo de você.

Considerações finais.

O recomeçar nunca é fácil e muitas vezes a impressão que se tem é de fracasso, mas na verdade, é uma chance que se tem de reformular os erros e partir para os acertos. Muitos têm essa chance, mas poucos a enxergam assim.

Parece por muitas vezes mais agradável ceder para o derrotismo e se portar como vitima que encarrar as deficiências que imperam a pessoa.

Não raro, encontramos pacientes que recaem constantemente, a dificuldade para suportar os desprazeres da vida são enormes, muitos vêm a falecer devido ao uso, muitos procuram esses falecimentos cansados de lutarem pela vida. Na medita que a pessoa vai se descobrindo o tratamento vai tomando outra direção, pois uma atenção maior deve ser dada a cada caso, pois os riscos são tremendos, riscos de depressão, suicídio, solidão exagerada, assim como silencio profundo entre outros.

 E porque isso acontece? Porque faz parte do processo. A pessoa que vai se descobrindo e não tem crise, pode estar se enganando acreditando que está se conhecendo.

Quando descobrimos que passamos a vida toda nos iludindo, que não somos aquilo que pensamos, e que na verdade toda a realidade criada por nós é algo virtual e não real, o choque é necessário se quisermos realmente nos conhecer.

Não tenha medo de encarrar seus olhos no espelho, ele vai-te dizer muito sobre o que você é. Na selva de pedra a um grande erro existente que devemos ser predadores, quando na verdade devermos ser mesmo conhecedores. O mundo é uma realidade criada do homem, ou seja, virtual, toda a miséria, pobreza, desigualdade social, violência são produzidas a partir de nossa mente, por isso hoje surge à emergência de novamente ocorrer uma Metanóia.

Corremos um risco claro de extinção humana, basta olhar para as formas criadas de aniquilação humana. A droga é uma entre milhares de mazelas que enfrentamos por escolha, escolhemos ter drogas na sociedade, escolhemos ter mortes, assassinatos, homicídios, estupros e tantas outras coisas que podemos catalogar aqui de risco de morte real.

Somente com uma valoração à vida, conseguiremos ter mais caridade, amor fraterno e cumplicidade na luta contra não as drogas, mas sim contra o flagelo humano, a ânsia de morte, a despreparação para o amanha, enfim, a campanha não pode ser contra a morte e sim a favor da vida, não se deve dar ênfase para o que morre e sim para aquilo que vivifica.

Portanto, obrigado por ter chego até aqui comigo, eu sabia que erámos ligados a uma energia que emana de Deus e que desde começo desta caminhada nossas vidas já estavam destinadas.

Espero que esta obra tenha lhe servido de alguma maneira, e que a partir dela você possa olhar o ser humano com outro olhar, não se condene se julgava, pois é típico do ser humano, mas não se acomode diante deste mal.

Gosto de pensar e acreditar que temos a força de Deus a nosso favor para realizarmos o que quisermos o problema que ultimamente o homem vem escolhendo fazer o mau, e Deus, perante a sua infinita Sabedoria não forja o livre arbítrio.

Dados mostram que a droga é uma das raízes mais profundas que alimenta a causa da violência no país. O menino que compra a droga do traficante alimenta o trafico de armas que por sua vez financia os assaltos, as chacinas os assassinatos e etc... Mesmo que a distancia tudo está intimamente relacionado.

Espero que a partir desta obra você possa ter tido um despertar espiritual a ponto de se comover com um problema que é de todo cidadão, pois todos somos reféns da violência e vitima de um sistema no qual criamos, ou seja, somos vitimas não no sentido de "coitados" e sim de responsáveis.

O que você vem fazendo para criar uma sociedade melhor?

O que é fazer a sua parte?

Estudar, trabalhar, ser honesto, sem caridade de nada vale. Do que adianta eu ser honesto, estudar e trabalhar sendo que passo pelos meus iguais e os tratos como fantasma?

Termino esta obra com uma frase de São João Crisostomo.

"Enquanto seus cavalos mascam freios de ouro, o pobre grita de fome".

"Enquanto vocês revestem as paredes interiores de ouro, o pobre clama de fome pelo lado de fora".

Podemos dizer:

Existem pessoas que precisam de você e de sua caridade. Ide em paz e que o Senhor lhe acompanhe.

Referencias.

Todas as vidas que eu tive a honra de dividir um pouco de tempo, aprendendo e ensinando.

Em memoria:

Jandir Teixeira de Oliveira.

*10/09/1980 + 26/09/2011

A todos que tiveram suas vidas ceifadas, devido o envolvimento com o uso de drogas. Que a misericórdia do Senhor esteja com vocês. Somente até aqui.

Guido Campos.

2012

www.ingramcontent.com/pod-product-compliance
Lightning Source LLC
LaVergne TN
LVHW020332200726
843507LV00012B/2335